半魔の竜騎士は、辺境伯に執着される

竜と愛の在る処

character
カイル
魔族の血を半分引き、竜の言葉を
理解できるという異能を持つ青年。
母に疎まれ、孤児院で育った。
アルフレートの恋人として、
辺境伯領で暮らしている。
アルフレート
カイルが飛龍騎士団に
所属していた頃の上司であり、恋人。
現イルヴァ辺境伯だが、
二年後には姪に爵位を譲り、
カイルと自由に生きたいと思っている。

カムイ
キトラに忠誠を誓っている、獣人。影に潜んだり、犬に変身したりできる。ちょっぴり変人。
イオエ
キトラとカイルの姉。大きすぎる魔力を持った代償として、子どもの姿のままである。
トール
イオエの許嫁。キトラの兄の忠臣だった。
キトラ
人間に恐れられる魔族の長で、カイルの美貌の異母兄。兄弟への情は深い。
キース
カイルと同じ孤児院で育った、家族同然の存在。綺麗な顔に反して口と性格が悪い神官。今は辺境伯領の神殿に勤めている。

目次

半魔の竜騎士は、辺境伯に執着される

竜と愛の在る処

プロローグ

「北方は雪が深いとは知っていたけど。……こうも降りやまないものだとは」

吹雪の合間、いっとき雪のやんだ曇天を確認するために、カイル・トゥーリは小屋から出た。

吐く息は白い。

油断すれば舌まで凍りそうで、カイルは口元を毛皮で覆った。

吸い込んだ空気は尖って、肺を突き刺す気すらする。

カイルは慎重に唇を閉じて防寒具を口元まで上げると、緋色の目を細めた。

ざく、ざく、と音を立てて雪の上を沈みながら歩くたびに、雪に足跡がつく。

数歩歩いて――カイルは足元から空へと、ゆっくり視線を上げた。

天に届きそうな高い山が、目の前に聳え立っている。

その山を越えれば目指すべき場所がある、のだが。

「どう……すっかなあ」

はあ、とカイルは脱力して、その場にしゃがみ込んだ。

ビュウと風が叩きつけるように吹いて、前髪が嬲られる。

山の天気は変わりやすい。

今は吹雪がやんでいるとはいえ、また一寸先さえ見えない状態にならないとは限らない。

困ったな、とカイルはため息をついた。

——カイルをここまで連れてきたドラゴンとははぐれてしまった。同行者とも。

いや、置いて行かれた、と言うべきだろうか？

小屋にあるのは、あと数日分の食糧と、防寒のための薪だけ。

その数日の間に誰かが助けに来てくれれば戻れるだろうが、冬が明けるのを待つほどの余裕は確実にない。一人孤独に餓死するだろう。

「歩いて麓まで戻るか？」

……それも、現実的ではない気がする。

この天候が二日続けば、かろうじて麓まで辿り着けるだろう。

過労でカイルが動けなくならなければ、そして吹雪が再び起こらなければ、という賭けに近い条件つきだ。

「ここで、死を待つか。それとも麓に帰るまでに力尽きるか……ってことか。笑えないな」

嘆いている割に、呟く声は楽観的な色が濃い。まだそれほど現実としてこの危機を実感できていないからなのだが。

実のところ、状況はひどく深刻だ。

カイルはしばらくそこに立ち尽くして、己をここに放置した男を思い出していた。

オーティス・フィエルマン。

カイルは任務で彼を捜しに来て、見つけた。

そして今、雪山に置き去りにされている。

「俺がここで死んだとして、理由は正しく、アルフレートに伝わるだろうか？」

いいや、そうはなるまい。

きっとオーティスは、あの美しい水色の双眸を少しも揺るがせず、あっさりと嘘をつくはずだ。

「――カイル・トゥーリ？　彼とは会わなかったよ。私を捜しに来て行方不明になったとしたら、それはひどく残念なことだね」

とでも、沈痛な面持ちで言うだろう。

カイルは目を開けた。

再び、ビュウ、と風が吹く。

愚かな男だお前は、と。

故郷から吹きつける風が、冷たく身体を押し戻しながらカイルを嗤う。

たたらを踏みながら風を受け、カイルはまだ決意できずに、先ほどよりいくらか暗くなった白い空を見上げる。

進むべきか、とどまるべきか。

ひとまず、それが問題だった。

第一章　辺境伯領

「本当はお前を置いて行きたくない」

王都での騒動があって、アルフレートが治める辺境伯領へとやってきて半年余り。

夜半、寝室のベッドの上で、アルフレートはため息交じりに呟いた。

カイルはアルフレートに引き寄せられて……こめかみに口づけられる。

行為を終えたばかりの身体はしっとりと重い。カイルは半身を起こして、ベッドサイドにある水差しに手を伸ばした。

喘がされすぎたせいで、声が変なふうに掠れている。

「辺境伯の直々の視察に、所属の違う俺がついていくのは不自然だろ。どう考えたって」

水を口に含んで、ぼやいたカイルが震えると、アルフレートは笑って手招きした。

暖炉で火をたいていても、服を脱げば寒い。

夜着を着込もうと思ったのに、アルフレートの手が邪魔をしてくる。まだ、満足していないらしい。

カイルは裸のまま、すっぽりと後ろから抱え込まれた。

「……離れて平気なのか、冷たいな」

「……んっ……そうじゃ、ない……」

ぎゅ、と乳首をつままれる。先ほど散々いじられたせいで、そこは赤く腫れ敏感になっていた。

「痛いから嫌だ、それ、やめ……っ」

首を横に振るけれど、甘い声で啼きながら力なく抵抗することしかできない。

どうにも被虐趣味があるらしい己の身体は、アルフレートから与えられる痛みを、簡単に快いものに変換してしまう。

先ほどまでアルフレートが散々嬲って好きにしていた後ろはまだ柔らかい。潤滑油なしでもやすやすと指を呑み込んで、小刻みに動かされ——指はほどなく、アルフレート自身に変わった。

「……うっ……あ、あ、アルフ……」

圧迫感よりも、まだ十分に掻き出されてはいなかった残滓が下りてくる感覚に羞恥を煽られて、カイルは歯を食いしばる。

「……んっ……ふっ」

カイルは呆気なく絶頂まで導かれて、くたりとアルフレートに背中を預けた。

湿った肌同士がくっつくのが心地よい。

アルフレートはカイルの中に入ったまま、腕を回した。

先ほどまでの激しい動きではない。だが、最奥まで届いたそれに、まるで子供をあやすかのようにゆすゆすと突き上げられる。臍の下あたりを上から指で押さえられると、アルフレートの形が嫌でもよくわかる。呻き声とともにカイルの肩が跳ねた。

苦しさと、それを覆い隠す気持ちよさがいっぺんにせり上がってきて、カイルは唇を噛んで声を抑える。

　このままだと夢中になってしまうから、これ以上の快感を拾いたくない。

　前をいじろうと企むアルフレートの手を阻止するべく、足を閉じようとする。

　だが、アルフレートはやすやすとカイルの抵抗を解いて、そこに触れた。

「やっ……アルフ、だめだって……」

　先走りに濡れた先端に爪を立てられて、そこがぐちゅりといやらしい音をたてる。

「逃げるな」

　思わず浮かした腰を追いかけられて、突き上げられ、カイルは反射的に中を締めた。

「だからっ……まえと、うしろっ……！　一緒に、すんの、だめ……っ……」

「だめ、には思えないが？」

　抵抗はむなしく押さえられ、斜め後ろから口づけられる。喘ぎ声は食われてしまった。

「ん……っ、あっあ」

　口をふさがれたまま、アルフレートに下から腰を打ちつけられる。

　とめどない快楽にどこまでも翻弄されて、カイルは再び全身を震わせたあと、アルフレートの腕の中に倒れた。

「アルフ……水、ほしい」

　しばらく息を整えて恨みがましい目で見上げると、恋人は涼しい顔で「どうぞ」とグラスをカイルの口の傍まで持ってきてくれた。

少しも悪びれていないのに、腹が立つ。

「……明日も早いから、一回だけって言わなかったか？　アルフが」

「そうだったか？　忘れた」

しれっと言うアルフレートを小突く。

カイルは湯で湿らせた布で身体を手早く拭いて、夜着に袖を通す。

「それで、お前はやはり私にはついてこずに留守番する、と？」

「俺が一緒に行っても、反感しか買わないと思う」

カイルは肩をすくめてそう答えた。

ここのところ、アルフレートは忙しい。

辺境伯領の南で、些細な反乱が起きていたからだ。

アルフレートの説明によると、反乱を起こしたのはクリスティナ——アルフレートの姪の母方の実家に連なる家だという。

現在アルフレート・ド・ディシスが継いでいるイルヴァ辺境伯家の家督事情というのは、ここ数代、少々複雑である。

イルヴァ辺境伯家は元々初代国王の息子が封ぜられた土地。王家の傍系だが、より関係を強固にするために、先々代の時代、国王の娘が嫁いだ。

つまり、先代の辺境伯——アルフレートの父は、国王の従弟にあたる。

彼の正嫡の息子であるアルフレートの兄がそのまま辺境伯家を継ぐはずが、事故で急逝した。

アルフレートは庶子だ。母親は裕福な家の娘だが貴族ではなかったため、彼が辺境伯を継ぐ時に二つの条件がついた。

一つは兄の娘であるクリスティナが成人したら、爵位を彼女に譲ること。

二つ目はクリスティナの伴侶として現国王の第三王子を迎えて、共同統治すること、だ。

「辺境伯家を国王の傀儡にするのか」

「クリスティナ様の伴侶は領地内の門閥から選ぶべきだ」

そんな反発が、辺境伯家の門閥貴族からおこった。

クリスティナの許嫁として有力視されていた家門から特に――

諍いはすぐに鎮圧されたが、処罰はしなければならない。

どう処罰するかは辺境伯とその側近、家の代表が協議して決定したので、その件でアルフレートが直々に赴くことになった。

そのため、アルフレートに半月ばかり屋敷をあけるから一緒に来てほしいと言われたが、カイルは断った。

カイルがどういう立場の人間か、辺境伯領に住む多くの人間が知っているだろう。

物好きな辺境伯が連れてきた、半分魔族の孤児。愛人。

あるいは辺境伯の側近であるユアンの部下。

それ以外の立場をカイルは持ちえない。

そんな一介の騎士がついていったら、物見遊山だと批判されるのは火を見るよりも明らかだ。

アルフレートは何か言いたげに口を開きかけたが、仕方ない、と肩を落とした。

「……お前を心配しているんだ、カイル」

「大丈夫、何にも巻き込まれないように息をひそめて過ごす」

心配そうなアルフレートに、宣誓をする時のように片手をあげて言うと、辺境伯は美貌(びぼう)を曇らせて、はあっとため息をついた。

「……信じるしかないが、くれぐれも無茶はするな、わかったな？」

「勿論」

「知らない奴についていくなよ」

「俺をいくつだと思っているんだよ、あんたは……」

カイルが愚痴(ぐち)ると、アルフレートは困ったように笑った。

「……出会った時のまま、成長していないように錯覚(さっかく)する時がある」

「十五年以上も前だよ、アルフ」

出会いはカイルが十三の年の時だ。さすがに頼りなさすぎではないだろうか。

アルフレートは黙ってカイルの前髪を弄(もてあそ)んでいたが、躊躇(ためら)いがちに、カイルの名を呼んだ。

「……カイル。私が戻ってきたら、ますます忙しくなるだろう」

「クリスティナ様の婚約の準備で？」

カイルが聞くと、アルフレートは頷いた。

「そうだ。……それに、そろそろ、お前の立場も考えなければいけない」

「俺の立場……」

カイルは思わず目を逸らした。この話題は、たまにアルフレートから出る。

現在カイルはただの騎士でしかない。

だが、アルフレートは公的に、カイルに自身の伴侶という地位を与えようとしている。

同性と結婚するのは、ニルス王国では特段珍しいことではない。

もしそうなればカイルはアルフレートの財産を半分有することになるし、貴族としての地位を得る。カイルには得しかない。

だが――

アルフレートは、固まったカイルの顎を掴んで蒼い目で覗き込んだ。

「嫌なのか」

嫌ではない。……しかし、カイルの返答は歯切れが悪い。

「俺は……クリスティナ様が成婚されてから、考えてもいいと、思う」

「時期にこだわる必要がどこにある？」

カイルは、アルフレートの手をそっと払った。

「むしろ、なんで急ぐ必要がある？　今の関係のままじゃだめなのか。俺は多くを望んでいるわけじゃないよ。アルフの傍にいられて、働けたらそれで……十分だ」

「カイル、何度も話したが、それでは……」

アルフレートは眉間にしわを寄せ、僅かに逡巡したあと再び口を開いた。

「私は、お前を日陰者にしたくて連れてきたわけじゃない。お前が世界で一番愛(いと)しいと、正式な伴侶だと一刻も早く宣言して、安全な地位を与えたい。それだけだ。それを何故躊躇(ためら)う？」

カイルはアルフレートの問いに、沈黙で答えた。

自分でもうまく……言葉にできないのだ。

アルフレートの蒼い瞳が、かすかに失望と悲しみで揺れる。

「……今夜はもう遅い。寝ようか」

アルフレートに言われて、賛同する。

寝息が聞こえてきたのを確認して、カイルはそっと恋人に背を向けた。

カイルは、昨夜のささやかな諍(いさか)いを思い出してため息をついた。

アルフレートは、早朝に出かけていった。それをカイルも笑顔で見送っては、みたが。

気まずいまま、半月近くも離れることになったのが、辛(つら)い。

アルフレートがカイルを一人辺境伯領においていきたくない理由もわかるし、カイルに地位を与えたい理由もわかっているのだ。

カイルが考えていたよりも、辺境伯領の人々はカイルを受け入れてくれた。

アルフレートが恋人だとカイルを披露した際には驚いたようではあるが、今は認めてくれる者もいる。北部の民は、皆ドラゴンが好きだから、ドラゴンと人間の言葉を通訳できるカイルの異能を、好意的に受け止めた者が少なくなかったのだろう。

だが、辺境伯領の者が皆同じように考えてはいない。

アルフレートに反目する一派にとってカイルは嘲笑の対象だし、かと思えば、あからさまに媚びてくる者もいる。

カイルがどこの馬の骨なのかと信用していいのか迷う者や、辺境伯を誑かす魔族の刺客ではないか……という荒唐無稽な理由で警戒する者さえいる。

しかし、その疑いを晴らすほどの働きを、カイルは現状、できていないのだ。

カイルにとってもこの地で信用できる人間は、アルフレートを除けば彼の側近であるテオドールと上司でもあるユアンくらい。

人脈は自分でつくるしかないが、信用を勝ち取る機会もまだ得られていない。

カイルには現在、辺境伯の寵愛を振りかざす、無能な愛人という肩書しかない……ような気がする。

そう言うとアルフレートは怒るだろうから、口にはできないが。

アルフレートはカイルを辺境伯領で一人にすれば、皮肉どころではなく、実際に害されることを危惧しているのだろう。

「辺境伯領に来る時に、嫌われるのはわかっていたつもりだったんだけどな……」

カイルはぼやきつつ、王都でアルフレートと『再会』してからの目まぐるしい日々を思う。

そもそも、カイルは王都の外れの孤児院の生まれだ。

孤児院では十四歳になれば院を出て、一人立ちするのが決まりだった。

——だが、人に忌み嫌われる魔族の血を引き、魔族の証である紅い瞳をしたカイルを雇ってくれるところなど、どこにもなかった。

そんな時に出会ったのが、アルフレートだ。

彼はカイルが持つ「ドラゴンの言葉がわかる」という魔族としての異能を高く評価して、ニルス王国でも選ばれた者しか入団できない飛龍騎士団に所属できるように口添えしてくれた。

騎士団での生活は、少年時代のカイルにとって天国のようなものだった。

衣食住には困らないし、剣の訓練ができて、大好きなドラゴンとも関わることができる。

カイルに生活基盤を与えてくれたうえに、何かと目をかけてくれるアルフレートにカイルは憧れ、憧れはいつしか恋慕に形を変え——

紆余曲折の末に、二人は恋人になり蜜月を送っていたの、だが。

「あの頃はまさか、アルフが辺境伯になるなんて、思ってもいなかったから」

そもそも、アルフレートは辺境伯家の三男で本来ならば爵位を継ぐ身分ではなかった。

それが兄たちの急逝で急遽、爵位を継ぐことになったのだ。

共に辺境伯領に行こうと、その時もアルフレートは言ってくれた。

だが、高貴な血筋の辺境伯と半魔族の孤児が共にあることを厭う者はやはりいて——結局、カイルは彼のもとを去ることになった。

アルフレートを最低な形で裏切って、だ。

「一生会わないつもりでいた。二度と会えなくても構わない、と」

だが、カイルとアルフレートは再会した。いや、アルフレートが捜し出してくれた。

――苦難を共に乗り越える過程で互いの思いを確かめ合い、アルフレートが王都から辺境伯領に戻る際に、カイルもついてきたというわけだ。

「……覚悟を決めて、辺境伯領にきたつもりだったんだけどな」

自分とアルフレートの間に身分の差があることは承知のうえで、一緒にいようと決めたのはカイル自身だが……どうしても、彼の枷になるのではないかという不安が拭えない。

それがアルフレートの望むことではないことはわかっているのに。

彼が出て行った時の寂しげな背中を思い出し、カイルは深いため息をついた。

「切り替えよう。仕事、しなくちゃな」

カイルは手早く朝の支度を済ませる。

竜厩舎を経由してから上司であるユアンの執務室へ行こうと渡り廊下を歩いていると、前から三人の女性が歩いてくるのが視界に入る。

カイルは慌てて壁に寄って頭を下げた。

近づいてきた先頭の人物は、柔らかな声の持ち主だ。

「……ため息が深いね、カイル卿」

「失礼いたしました、お嬢様」

お嬢様と言われたその人物は、男装をした美しい少女だった。

アルフレートの姪であり、次期辺境伯のクリスティナだ。

彼女は侍女をふたり従えて、朝の日課の散歩をしているらしい。

「叔父上は無事に旅立たれた？　見送りをなさっていたんでしょう？」

「はい」

「カイル卿もついていけばよかったのに。いい経験になるし、きっと寂しがっておられるよ」

屈託なく笑われて、カイルは苦笑しつつ顔を上げた。

「仕事がありますので」

「今から勤務がはじまるの？」

「はい。ユアン様の執務室に伺う前に、竜厩舎のドラゴンたちの様子を見ようかと……」

「じゃあ私も見学させてもらおうかな。構わない？」

にこにこと頼まれたら、カイルに否やはない。

侍女に「大丈夫ですか？」と視線で問うと、黒髪の筆頭侍女は穏やかに頷いた。

クリスティナが許してくれたので隣に並んで歩き、当たり障りのない会話を交わしながら竜厩舎に足を踏み入れる。

すると、一頭の美しいドラゴンが弾かれたように顔を上げた。

『あ!!　カイル!!　お散歩なの？』

「やあ、ニニギ。今日も可愛いな」

竜厩舎で、気のいいドラゴン——ニニギに声をかける。ニニギは、ユアンの相棒の雌のドラゴンだ。

それを合図に、ドラゴンたちが次々に挨拶してくる。

『カイル！　ねえ、聞いて聞いて！　僕の歯が生えかわったの。抜けた歯をあげようか』

『お散歩に行くって約束は？　今日は僕の番だよ！』

嫌いな人間には見向きもしないドラゴンたちが、カイル相手だと一斉にキュイキュイと鳴いて歓迎し、甘える。

「相変わらず、すごい人気！　……カイル卿はもう少し、自身の能力を誇ってもいいと思うよ」

カイルのドラゴン人気を目の当たりにしたクリスティナは半ば呆れた。

「……言葉がわかるだけですよ……」

カイルが恐縮すると、クリスティナは微笑んだ。

「そうかな。どんなドラゴンも、主人よりカイル卿のことが好きそうだ。それって、この北方ではあなたが最強だってことだよ。どんな騎士も上空から落とされたら生きていられない」

「……物騒なことをおっしゃらないでください、お嬢様」

「謙遜は美徳だけど、あなたがあまりに控えめだと、叔父上だけでなく私も困る」

カイルはニニギを撫でていた手の動きを止めた。

「お嬢様が？」

クリスティナはくすりと笑った。それからニニギに近づいてキスをする。

「今日も可愛いね、ニニギ」

『まあ！　クリス様ありがとう。私もあなたみたいな綺麗な子、大好きよ』

クリスティナにはニニギの言葉はわからないはずだが、ご機嫌であることは伝わったらしい。

仲良さそうに戯れたあと、クリスティナはカイルを見つめた。

「叔父上はあなた以外見えていないんだから、隣にいて当然って顔をしてくれないと困る。いまだにあの人に有力氏族の娘を送ろうとする輩がいるのだから」

アルフレートは、クリスティナに家督を譲ると明言している。

ニルス王国の法律では女性でも家督を継げるが、保守的な北部ではやはり反対する者も多い。第三王子が共同統治者となるなら、なおさらだ。

アルフレートに子がいれば、情勢は彼女に不利になるだろう。

その機会を狙っている貴族は少なくない。

「……申し訳ありません」

カイルが素直に謝ると、クリスティナは朗らかに笑った。

「私の勝手な事情だけどね。叔父上があなたに公的な立場を与えようとするたびに振られてばっかりで可哀想だなと思うのも本音だし、私に遠慮しているんだったら申し訳ないな、と思って」

「……いいえ、そのようなことは」

カイルはアルフレートとの諍いを思い出してうつむいた。

アルフレートがカイルに爵位を与えて伴侶にすると宣言して調印してしまえば、すべてすっきりする話なのだ。それに二の足を踏んでいるのは、いつもカイルのほうだ。

十代の少女にまで気を遣わせて申し訳ない、と言うしかない。

消沈するカイルの様子を見て、クリスティナは話題を変えようとする。

「仕事には慣れましたか、カイル卿」

「ええ。ユアン様のもとでいろいろと学ばせていただいております」

カイルが答えた時、突然慌ただしい足音が聞こえてきた。

「何事だ？」

クリスティナが険しい顔をして竜厩舎から出る。

やってきたのは見覚えのある騎士たちだ。彼らはクリスティナに気付いて礼をする。

「どうした？」

「クリスティナ様、それが……オーティス様が」

騎士たちは蒼褪めた顔で告げた。

辺境伯家の分家の者がどうやら視察に出た先で、遭難したようだ……と。

彼の鳥だけが助けを求める伝言を足に結わえて戻ってきたというのだ。

カイルは眉間にしわを寄せて空を見上げた。

雪は降っていないが……冬の天気は変わりやすい。救出まで時間が経つと、命にかかわるかもしれない。

騎士はクリスティナに報告を続ける。

「オーティス様は足を傷めて動けないと」

「……救援をやりましょう。現在わかっていることをすべて教えて」

クリスティナはそう言ったあと、小声でカイルに指示をした。

「ここは私が聞くから、カイル卿はユアンにも伝えて」

「承知いたしました」

辺境伯が不在の城はにわかに騒がしくなった。

カイルがユアンの執務室に赴くと、そこには先客がいた。

白い神官服に身を包んだ美青年は、彼にしては珍しく神官服をかっちりと着込んでいる。

「キース、こんなに朝早くからどうした？」

「お前は俺様が何様か忘れたのか、カイル。辺境伯家の礼拝堂が新しくなるというので、その打ち合わせに来たんだよ」

キース・トゥーリはカイルと同じ孤児院の出身で、兄弟同然に育った青年だ。その利発さを評価されて孤児でありながら神殿に仕え、学ぶことを許された。成長してからは神官となり、以前は王都で働いていたが、今は神殿本部から辺境伯領の神殿を任されている。

カイルはずっとキースは下位の神官なのかと思っていたのだが、神殿の筆頭神官の補佐というそれなりの地位を与えられているというから驚いた。

辺境伯家と神殿の交渉事は少なくない。

カイルがいるからなのか、交渉事のたびにキースが来るのだが、どうやらこの幼馴染はユアンが気に入ったらしい。

カイル以外とはあまり親しくしないキースが、いつも執務室に邪魔しては雑談を交わして機嫌よく帰っている。今日もそうなのだろう。

カイルがキースの憎まれ口を聞き流していると、ユアンがこちらに視線を向けた。

「外が騒がしかったみたいだけど、何かあった？」

カイルがオーティスのことを報告すると、ユアンは机の上で頭を抱えた。

「……雪山で遭難だって？　どうしてこんな天候の時にわざわざ飛んだんだ」

「心配ですね。北部の天気は変わりやすいと聞きます」

そう答えたカイルに、キースは「馬鹿なだけだよ」と辛辣に評した。

ユアンはちょっと首を傾げて、カイルを見る。

「カイル卿」

「はい。隊長」

ユアンはアルフレートの腹心の部下だ。アルフレートとカイルが王都で再会した際、彼は辺境伯の一行の中にいて、何かとカイルを気にかけてくれた。貴族らしからぬ穏やかな青年で、年下のカイルにも気安く接してくれる。こっそり友人のように思ってはいるのだが、現在カイルはユアンの副官という立場なので、城内では敬語である。

そんなユアンはため息をつきつつきっぱりカイルに言う。

「今日も明日も明後日も、僕たちは忙しいからね。オーティスたちにはあまり関わらないこと！　……冬山に備えなく赴けば、遭難することくらいは北部の人間ならば十分に認識しているはずだ。自業自得だから」

「そう、なんですか？」

「心配しなくても大丈夫、明日には戻ってくるさ」

ユアンは眉間にしわを寄せて、カイルに答えた。

基本的に人のよいユアンだが、オーティスに対する評価は厳しい。キースもユアンに同意する。

「釘を刺しとくけど……カイルお前、絶対に首突っ込むなよ」

「……わかっているよ」

カイルは頷いたが、キースとユアンが一瞬視線を交(か)わし合ったので、居心地悪く首の後ろをかいた。

――厄介事に巻き込まれがちなので、いまいち信用がない。

以前、王都で事件に巻き込まれ瀕死(ひんし)になり、最終的にアルフレートに命を救われたのだ。

信用がない理由に心当たりがありすぎて、カイルは内心でうーんと唸(うな)った。

ともかく、己が関わらない形で、なんとかオーティスが無事に戻ってきてほしいとカイルも祈っていたのだが――残念ながらカイルの祈りは大神には届かなかったらしい。

オーティスは翌日も戻らず、彼の所属する小隊以外の騎士たちも幾人か捜索に駆り出されることになった。

その日、ユアンは手薄になった城でクリスティナの補佐をし、カイルは日課になった竜厩舎への訪問をして――オーティスと同じ団の青年たちが深刻な表情で話し込んでいるのを、目撃した。

「まずいな……」

呟いて、カイルは引き返すことにした。

オーティスはカイルを嫌っている。あからさまに攻撃されることはないが、会話の端々に敵意と侮蔑（ぶべつ）がある。

となれば、彼と同じ所属の青年たちも自然にカイルを見る目が厳しくなる。言うなれば敵方しかいない場所に足を向けるのは得策ではないだろう。

『カイル！』

そろりと竜厩舎に背を向けたカイルを、青年たちのドラゴンが目敏く見つけて喜びの声をあげた。

『帰っちゃうの、どうしたの!?』

「……ああ、うん。ちょっと。……また来るよ」

『帰っちゃやだよ！　あそぼうよ』

カイルは、しーっと口に人差し指を当てて、ドラゴンに静かにするように頼んだが、気ままに生きるドラゴンに空気を読むという選択肢はない。

「そこにいるのは誰だ？」

ドラゴンの鳴き声が耳に入ったのか、オーティスの部下が近づいてきた。

「これは、カイル卿。どうしたんです、竜厩舎に何か御用ですか？」

カイルは無邪気なドラゴンを多少恨（うら）みつつ、彼らに向き直った。

「日課です。竜厩舎にユアン隊長のドラゴンがいるので……毎日世話をしています。お取込み中のようなので、出直そうかと……」

嘘ではない。彼らは疑わしそうな様子だが、一人の青年がカイルを上目遣いに見た。そしておそるおそる、というふうに切り出す。

「オーティス様の騎乗していたドラゴンは、この雌（めす）ドラゴンの番（つがい）なのです」

「オーティス殿のドラゴンの、番（つがい）？」

『そうよ、私の番（つがい）なの！』

おうむ返ししたカイルに、茶色の皮膚のドラゴンが無邪気にキュイと鳴いて肯定する。

青年は、沈痛な面持ちでカイルに尋ねた。

「ドラゴンは感応能力がある。親しい間柄（あいだがら）ならば、特に……こいつなら、オーティス様の居所を捜し当てることができるだろうか？」

『……それが、なあに？　私の番（つがい）はお出かけ中よ』

人がドラゴンの言葉を解さないように、ドラゴンは人の言葉があまりよくわからない。カイルのような異能持ちならば別だが……

青年たちは切羽（せっぱ）詰まった様子でカイルに詰め寄った。

「カイル卿、ご助力を願いたい。……このドラゴンに騎乗して、オーティス様を捜してくれないか。私も同行する。山の天気が変わりそうになったら、すぐに戻るから。どうか一緒に」

「……いや、それは」

カイルは少々口籠（くちご）もった。

「私はユアン様の部下です。上司の許可なく加勢するわけには……」

「あなたも今は北領の男だろう。見捨てるのか、同胞を。あなたにはオーティス様を救える異能があるのに――オーティス様は閣下の従弟でもあるのに」

「おい、やめろ」

若い騎士がカイルを憎悪の視線で見て、同僚がそれを止める。

だが、若い騎士はさらに言い募る。

「あなたが薄情なのは、閣下やユアン卿がオーティス様を疎んでおられるからか」

カイルは騎士の発言に首を横に振った。

「まさか！　二人とも、北部の安定をいつも願っておられる。オーティス殿が早く戻られることを私も願っている」

「ならば、それを行動で示してはどうだ？」

そう言われても、カイルは勝手に行動できる立場ではない。

黙って去ろうとしたカイルの耳に、しょんぼりとしたドラゴンの声が飛び込んできた。

『オーティスが行方不明なの？　じゃあ、私の番はどこなの？　捜しに行かなきゃ』

カイルは動きを止めた。

行くな、とユアンの声が聞こえた気がする。

だが、この青年たちが言うように番のドラゴンならばお互いの場所がわかるかもしれない……

それに、万が一オーティスが雪山で遭難したまま戻らないという最悪の事態になれば「辺境伯の愛人は、オーティスを悪意を持って見殺しにした」と噂されるに違いない。

カイルはため息をついた。

厄介事に巻きこまれないようにする、と皆に誓ったばかりなのに……

「……私が役に立てるならば、できる範囲で助力しましょう」

「それは、ありがたい！」

カイルが請け負うと、青年は表情を明るくした。

カイルはさっそく青年の一人とドラゴンに同乗し、オーティスを捜索することになったのだが。

数時間ドラゴンと飛んだ先の山小屋で、オーティスは呆気なく見つかった。

彼は防寒具を持ってきていたようで、思っていたよりも健康状態はよさそうだった。

だが、手綱を握る腕を傷めたらしく、ドラゴンへの騎乗が難しかったようで、痛みが引くまで待機していたらしい。

「オーティス様、よくご無事で」

「……心配をかけたね」

再会を喜び合う主従の背後で、カイルはこっそり「人騒がせな」と悪態をついた。

それから、ちらり、と青空を眺める。……雪はやんでいて、今なら問題なく帰れそうだ。

以前、カイルと同じユアン隊所属の同僚が「天気がいい日がポツリと出てくると危ない。数日のうちに吹雪くぞ」と言っていたのが奇妙に印象に残っていて、気が急く。

「無事で何よりです。オーティス殿。皆、心配しています。雪が降らないうちに戻りましょう」

カイルが声をかけると、オーティスは柔和に微笑む。

「ああ、カイル卿。君が捜しに来てくれたとは嬉しいな！　ありがとう」

「……当然のことをしたまでです。さあ、早く」

オーティスはわかった、と告げたが、申し訳なさそうにカイルを見た。

「カイル卿、その前に腹ごしらえをしてもいいか？」

どうやら食糧が尽きていたらしい。それくらいなら時間はあるだろうと、カイルはオーティスの部下と視線を交わし合って許可を出した。

腕が痛むというオーティスを休ませて、カイルは彼の部下とともに山小屋の暖炉に火を灯す。

迷惑な男だが、貴族だ。彼を飢えさせても凍えさせてもならない。

考え事をしながら火をおこしたせいで、指を派手にぶつけてしまう。指先から滲む血に、カイルは何度目かのため息をついた。

「……つっ」

火の番をしていると、少し具合がよくなったのかオーティスがカイルの傍に歩み寄ってくる。

「……同僚がいろいろと失礼なことを言ったらしいな。申し訳なかった、カイル卿」

「いいや、気にしていない。あなたが無事でよかった」

「ありがとう。……ああ、指に怪我をしたのか？」

「いや、これはたいしたことは……」

カイルは指を引っ込めたが、オーティスは上機嫌で微笑んで、彼の家紋の刺繍が入った手巾でカイルの指を覆った。

「少しの傷でも、大怪我に繋がることもある。油断はいけないよ、カイル卿」

なんだか、妙に教訓めいている。

ぱち、と火が爆ぜる。

一瞬、炎の色に緑が混じるのを奇異に思っていると、オーティスが背後で立ち上がる気配がした。

「カイル卿。あなたの欠点は……人が好いことだな」

何を、と思っていると炎が大きく揺らいで、緑の火が大きくなる。

息を吸った途端に、くらりと身体が傾いだ。

オーティスの部下も、オーティスも口元を布で覆っている。

しまった、と思った瞬間には視界が揺らぐ。

優美な指がカイルの顎を捕らえた。

「そういうところが気に食わない」

「なに……を」

「安心してくれ。人殺しは好きじゃないから、殺しはしない。アルフレートは君の死体から執念で死因を探るだろうから、毒が残っても困る。だから君はここで遭難してくれ。もうすぐ吹雪が来る。……君は親切にも私をここへ捜しに来て、自分が遭難して……悲劇的に死ぬ。面白くはないけれど、まあ、雪山に慣れていない者によくある死因だよ」

ふざけるな、と言いたかったが瞼が重くて開かない。

耳元でねとり、と声が流し込まれる。

よい夢を、と……


山小屋で一人目覚めた時、カイルはあまりの情けなさ加減に蹲りたくなった。

……余計な親切を働いて自分が死ぬのでは意味がない。

本当にお前は馬鹿だと自分を詰ってやりたくなる。

しかし、蹲ったところで、ここで緩やかな死を待つだけだ。

それだけは、避けたい。

どうしようかと考え、カイルは防寒着を着込み、山小屋の外に出てみる。

この一時だけかもしれないが雪はやんでいて、頭上には曇天が広がっていた。

冷たい風に当てられながら、小屋の周辺を歩いてみる。

ざくざくと音を立てて雪の上をしばらく進んでみるが、人影も他の建物も見当たらない。オーティスの狙い通り、この場にいる限り誰かに助けてもらうのは絶望的だ。

白い息を吐いて手のひらをこすり合わせる。

ふと視線を上げた先には、山があった。

この山の先にあるのは――

カイルは一縷の希望を抱いて――苦笑した。

「……いつも一か八かな気がするな」

カイルは急いで山小屋に戻ると、あるだけの食糧を袋に詰め込んだ。

山小屋にあった油と燃料を毛布やカーテンに染み込ませ、それらを外に持ち出すと、火種を使って盛大に燃え上がらせる。火は小屋に燃え移り、黒々とした煙が雪原を黒く染めていった。

遠くからは黒煙と火が大きく見えるはずだ。

特に上空から……たとえばドラゴンに乗っている者にはよく見えるだろう。

そうであってほしいと願い、カイルは胸元から笛を取り出した。

「ドラゴンには聞こえる笛らしいぞ」と、アルフレートがくれた竜笛を取り出し——そして、思い切り吹いた。

しばらくカイルが寒さと恐怖で震えていると、待ち兼ねた羽音が上空から聞こえた。

その音は近づいてきて……やがて背後で止まり、ざ、ざ、と足音がする。

「……そこにいるのは何者だ？　同胞か、それとも、人間か？」

「この気配は同胞じゃないか？　竜笛を持っていたし」

どうやら男性二人だ。

カイルは振り返って息を吐き出した。ガチガチと歯が鳴るのは、寒さが限界に達したせいだ。

「……魔族の里の方と、お見受け、する」

カイルの視線を受けて男二人は顔を見合わせた。

黒い髪に褐色の肌。

瞳は紅く、二人とも趣は違えども美しい容姿をしていた。

間違いない、魔族だろう。

かじかむ指で、胸元から普段は隠している紋章を示す。

背の高いほうの男が紋章を目にして眉間にしわを寄せた。

訝しまれているのはわかっているが、今は遠慮している場合ではない。

「辺境伯麾下の、カイル・トゥーリという。魔族の長、キトラ・アル・ヴィースに助力を願いたいと……伝えて……」

それが気力の限界だった。

倒れそうになったカイルを、背の高い男が、がしりと掴む。

意識を失う瞬間、男の呻きが聞こえてきた。

「おい、この雑種野郎。俺様を面倒ごとに巻き込みやがったな？」

不機嫌な声を聞きながら、カイルの意識は再び、闇に落ちた――


寒い、というよりも痛みでカイルはのたうちまわった。どうやら凍傷になりかけているらしい。

指が痛い、足の指が痛い熱い、助けてほしい、痒い、切り落としてしまいたい。

いっそなくなってしまえば楽だろうか。

誰かが触れるたびにくぐもった呻き声をあげて、唇を噛んで耐える。

その時、耳元で皮肉な声がした。

「手足の指を全部切り落としてキトラのクソ野郎に送りつけてやろうかと思ったが、お前、なかなか我慢強いじゃないか、雑種野郎。泣き喚かないのが気に入った」

薄く目を開けると、紅い瞳の男が笑っている。

彼は何を思ったのか、カイルの指をべろりとなめた。

「——がっ」

痛みで、カイルは魚のように跳ねた。

「あー、よしよし我慢しろ。痛いのよくなるだろ？」

確かに男のざらりとした舌に触れた部分の熱が、嘘のように引いていく。

すべての箇所の痛みが引いてから、男は得意げにカイルに声をかけた。

「俺様に感謝しろよ！　ええっと、お前、名前なんだっけ」

「かいる……」

うまく回らない舌で言葉を紡ぐと、男は明るく笑う。

「カイルか、平凡な名前だな。俺はザジだ。目が醒めたら、はいつくばって俺に礼を述べろよ、いいな？」

なんだか妙な奴に拾われた気がする、そしてこいつと似た何かを知っている。

そうだ、孤児院にいた頃、キースと密かに可愛がっていた黒く大きな野良犬だ。

あいつも態度は偉そうだったが、実にもふもふと触り心地のいい奴だった……

懐かしく思いながら、カイルは昏倒した。

——目覚めたのは、翌日のことだった。

「おい、人間。飯食えるか。お前、猫舌？」

「いえ、温かいスープは嬉しいです。ありがとうございます……」

そう言って朝食を持ってきてくれたのは、少年姿の魔族、バシクだった。

鶏肉と根菜を煮たスープをすすりながら、カイルは礼を言う。バシクは「じゃあ、よかったな」とカイルの頭を犬にするように撫でた。

……十五、六に見える少年だが、魔族は長寿なので、カイルと同じくらいは年齢を重ねているはずだ。

カイルを拾ったのは、昨日治療してくれたザジとバシクという二人組だった。

身体はまだ重いが助かった。カイルは両足を伸ばし、手指を開閉する。

……正直なところ、凍傷で身体を損なうのは覚悟していただけに、今の状況は幸運だ。

しかし、ザジとバシクがどういう立場なのかがよくわからない。

「お、飯は食えたのか！」

突然、兎（うさぎ）を弓で仕留めてきたらしいザジが、元気に顔を出した。朝、カイルが目を覚ましたのを確認した彼は「ここにいても暇だ」と外に狩りに行っていたのだ。

バシクが「よこせ」と兎（うさぎ）を取り上げる。

ザジは一気にカイルと距離を詰めると、顎（あご）を掴んだ。

魔族には美形が多いが、ザジは綺麗というより精悍（せいかん）な顔つきだ。

その顔が、鼻がつきそうなくらい近くにある。

「……ッ、なに」

「おい、カイル・トゥーリ。助けてやった礼に、正直に話せ」

ニヤリと笑った口元から犬歯が覗いた。

その手には、カイルがキトラからもらった紋章がある。

「雑種のお前が、何故キトラ・アル・ヴィースと面識がある？　しかもどうして奴の持っていた紋章を持っている？　お前、なんだ？」

「ん……ぐ……」

応えたくても、顎を掴まれていては、喋れない。

視線を動かすと、バシクは落ち着き払って朝食をとっていた。

助け船は期待できなそうだと思っていると、ザジはさらに強く掴んでくる。

「おう、なんとか言え。言えないいんなら、やっぱり切り刻んであいつに送りつけるぞ。いやがらせでな」

だから、手を離せよ！　と心の中で唸っていると――ザジの姿が視界から消えた。

「ぎゃんっ!!」

大声をあげて誰かに蹴り飛ばされたザジが、小屋の壁に激突する。

「……な、なに？」

カイルは無様にすっころんだザジに目を丸くしていると、頭上から不機嫌な声が降り注いだ。

「何、と聞きたいのは私のほうだ。カイル。その有様は……どういうことだ？」

「キトラ……！」

慌てて見上げると、彫刻のように美しい男が、ほんの僅かに目を細めた。

銀色の髪がさらりと揺れる。

優美な指が動いて、ザジが掴んでいたカイルの顎を拭うように触れる。

「駄犬が触れたな？　けがれた」

キトラ・アル・ヴィース――魔族の長であり、カイルの腹違いの兄である男は、美しい姿で嫣然と微笑んだ。

吹っ飛ばされたザジは、痛みに呻きながらもキトラを見て喚いた。

「いきなり現れて！　蹴る奴があるか！　この……」

「うるさい、黙れ」

キトラが投げた短剣は、ザジの顔の横の壁に、ずぶりと刺さった。

ヒエ、とザジが蒼褪め、バシクはあーららと天井を仰ぐ。

そんな二人を気にする様子もなく、キトラはカイルを抱きしめた。

「半年ぶりか」

「キトラ、ご無沙汰、して、います……」

異母兄の腕の中におさまりながら、カイルは目を瞬かせた。キトラは楽しげに微笑む。

「お前は会うたびに死にかけているな？」

「いつもというわけでは、ないんですけど。すみません、お呼び立てするつもりでは……」

アル・ヴィースの名前を出せばきっと魔族は無碍にはしないだろうと、キトラの名を出しただけなのだが、彼自身が来てくれるとは。

驚いていると、キトラはカイルの頭の先から爪先まで心配そうに眺める。

「バシクから連絡を受けた。凍傷は？」

「あ、おそらくザジ、さんが、舐めて治癒してくれて……」

そう答えて、カイルはギョッとした。

ザジのいたあたりに、黒い狼がいて、唸っている。

その狼を見て、キトラはフンと鼻を鳴らした。

「駄犬、カイルを治癒したことは褒めてやる。……が、舐めただと？　気に食わんな。あとでその舌を切り落としてやろうか？」

「がうううううううう!!」

おそらくザジであっただろう狼が、唸り声をあげた。

ものすごく怒っている。それはそうだろうな、と思う。

カイルを助けたのにキトラに邪険にされては、腹が立つだろう。

「あー、お気になさらず、カイル様！　キトラ様とそこの駄犬はねえー、会えばギャンギャンやり合うのがお約束なんですよう。どっちもおこちゃまなん……ぎゃっ!!　痛い！　なんで私まで怒るんですかあ！　キトラ様ぁ」

唐突に声がしたので扉を見ると、魔族にしては珍しい色白の青年が、アハハと手を振っていた。

キトラの側近、カムイだ。

「……カムイさん」

「元祖駄犬、お前もうるさい。黙っていろ！」

呆気に取られているカイルのすぐ傍で、キトラが怒鳴る。

カムイはそんな彼に全く動じず、恍惚とした表情を浮かべている。

「横暴だなあ。でも、怒るその横顔が美しくて素敵です、我が主人……」

そういえば、カムイ……彼も犬の姿をとるはずだとカイルは思い出した。

カムイとザジは知り合いなのだろうかと思っていると、この場でただ一人冷静なバシクが「カムイ、相変わらずきめえな」とぼやいた。

全く、と同意しそうになり、カイルは首を横に振る。

さすがに失礼だろう。助けに来てくれたっぽい人に対して、と反省する。

そんなカイルに、バシクは説明してくれた。

「ザジと俺は……今はキトラに仕えてないから、部下ってわけじゃない。氏族が違うしな。だが、アル・ヴィースは我ら魔族の王だ。その名を出されたら、助力しないわけにはいかない。だから、カイルを助けた」

「助かりました。本当に……ありがとうございます」

そうだ、感謝しろ！　とばかりに『わふ！』とザジが鳴く。

カムイがザジの傍に寄って、犬にするようにわしゃわしゃと撫でた。

二人の様子に苦笑しながら、バシクは再び口を開く。

「で、そこの変態カムイと馬鹿ザジは、俺たちの氏族のいいとこのボンボンな。ザジはキトラ様が嫌いだから反発していて、カムイはキトラ様に心酔して仕えてんの。だから俺たちは顔見知り」

「わかりやすく説明してくれてありがたい」

カイルが礼を言うと、バシクが首を傾げる。

「どーも。キトラ様がこんなにすぐに……しかも辺境伯の身内のために来るなんて想定外でした。こいつは、なんですか？」

キトラはカイルの髪に指を潜らせながら、バシクに答える。

「これは、私の弟だ」

『がうっ？』

ザジが驚いて妙な吠え方をする。

後ろ足でガシガシと首筋を掻いて遠吠えをすると、ぽんっと音を立てて人の姿に戻った。

「——おとおとぉ？　……確かに、似たにおいがするじゃねえか。……アレか。お前のクソ親父の落とし胤か？」

「そうだ。母はヒトだ。カイルは今は騎士として辺境伯領にいる」

キトラの答えに、ザジはふぅん、と目を細めてカイルの首筋に鼻を寄せた。クンクンとにおいを嗅がれる。

全裸で近づくのはやめてほしい、と思っていると、キトラが無言でザジの顔を蹴った。

「近づくな。弟が汚れる」

「弟の命の恩人を蹴るんじゃねえっ……」

がうがう、とザジが怒り、その隣でバシクがいたって冷静に尋ねる。

「キトラ様。俺たちが弟君を助けられたのは全くの幸運ですが、その褒美はいただけるんでしょうか？」

カイルはぎょっとした。俺が……と言おうとするのを、キトラに遮られる。

「無論。キロランの息子、バシクとザジよ。貴兄らを我が家にて歓待しよう。参られよ」

ザジとバシクは沈黙したが、両手を胸の前で合わせて礼をした。承諾の合図らしい。

キトラはそれに鷹揚に頷くと、今度はカイルを見た。

「カイル」

「はい」

「ザジが治癒したとはいえ、お前は万全ではない。お前も連れて行くぞ、いいな」

「……辺境伯家に連絡を」

「私の屋敷に到着してからにしろ」

キトラは機嫌よくカイルの反論を封じた。

カムイがカイルに向かって指を唇に当てて「しーっ」と口を動かす。逆らうな、ということらしい。

「……わかり、ました」

魔族の里の本拠地は少し遠いというので、カイルはキトラたちに文字通り運ばれることになった。

魔族の異能により、抱えられたまま瞬間移動したわけだ。

ザジが一度家に寄りたいというので、カイルたちも同行した。

「まずは私の屋敷でのんびりしましょう。本宅ではなく、私が住むだけの別宅ですが」

カムイにそう言われて、カイルは首を傾げる。

「カムイさんの？」

「ええ、私とザジは同郷ですから」

そういうわけで、ザジたちの暮らす領土に到着し、カイルとキトラはカムイの持ち物だという屋敷で寛いでいた。

別邸というものの十分に広い屋敷で、彼がこの街の有力者の一人であることは間違いなさそうだ。

ザジたちの住む街は、カイルが飛龍騎士団を辞したあとに勤めていた、第三騎士団がある田舎街と規模は変わらない。

魔族の人々も人間とそう変わらない街を作って暮らしているのだということに衝撃を受けた。

違うところといえば、皆似たような服を身につけているということだろうか。華美に着飾るという意識が、魔族は薄いらしい。

カイルが興味深く思っていると、カムイがにこやかに話し始める。

「我々の種族はロウの一族というのですが……カイル様には、狼人族と説明したほうがわかりやすいかもしれませんねぇ。元々ヒトの姿もケモノの姿も取れるんです。どちらも本性ですよ。ま、私は別の姿にもなれますけどね、いろいろ。私は特別製なんですぅ～」

へぇと思いながらキトラを見ると、彼は「まあな」肯定した。キトラは屋敷の主であるカムイより、よほど我が物顔で寛いでいる。

「狼人族は異能持ちが多いが、そこの変態はまあ……器用なほうではあるな」

「でしょう！　有能で可愛い側近でしょう！　私は」

「そこまでは言っていない。可愛くはない」

カムイは褒められて相好を崩すが、キトラは眉根をひそめた。

それでも嬉しそうなカムイの様子に、本当に主のことが好きなんだなあ、とカイルは苦笑しつつ、尋ねる。

「この街の人は皆、同じ一族なんですか？」

「いえいえ！　オオカミの一族が治める領土というだけで、我々は魔族全体の一割にも満ちませんよ。まあ、昔、毛皮目当てに乱獲されちゃったみたいでですねえ、ヒトにも魔族にも」

さらりと暗い過去について言うので、カイルはぎょっとした。

そんなカイルを安心させるように、カムイは笑って話し続ける。

「五百年前までの話ですよ。そうされないように力をつけましたから、もう人間は我々を狩ることはできないでしょう。それに、アル・ヴィースと我々には誓約がありますから」

「誓約？」

「我らロウの一族に害為すものを、アル・ヴィースは許さない。その代わり、我々はアル・ヴィースに忠誠を誓う……そういう誓約です。なので我らはアル・ヴィースの方々には害を為せません。

絶対に」

カイルはカムイの答えにへぇ、と感心した。

すると、のそりと近づいてきたキトラにくしゃくしゃと髪の毛を乱される。

「感心しているが、お前もそうだろう」

「……ええ、っと」

確かにカイルはキトラと兄弟らしい。だが、アル・ヴィースとして育ったわけではないし、半分人間だし、その誓約は適用されるんだろうか？

首を傾げているとカムイが苦笑した。

「我らの一族の誰かがカイル様を傷つけようとしたら、何か無意識に制御が働くかもしれませんね。ザジもそうだから、カイル様を傷つけず治療したのかもしれません」

カイルは頷いた。だとしたらありがたい話だ。

「人間の中には、お前に害を為(な)す不届き者がいるらしいな？」

キトラがカイルの髪の毛を弄(もてあそ)びながら平坦な声で聞いた。

美麗な顔がすぐ傍(そば)にあり、紅(あか)い瞳がカイルを覗き込んで不機嫌に煌(きら)めく。

「お前はどうして、あんな雪山で死にかけていた？　しかも一人で？　あそこにいたということは、ドラゴンに乗ってきたはずだな？　……ドラゴンに愛されるお前が、見捨てられたのは何故だ？」

逃げられないように拘束され、低い声で矢継ぎ早に間近で尋ねられる。

「洗いざらい話してもらおうか？」

キトラは、怒っているようだった。

「……ッ、キトラ」

ぐい、と胸倉を掴まれてソファに押し倒される。

本調子ではないとはいえ、あっさりと押さえ込まれてカイルは呻（うめ）いた。

身長はそう変わらず、キトラのほうがほっそりとしているのに、力は強い。

魔族の身体は構造が違うのだろう。

「さて、カイル・トゥーリ」

「……んうっ!?」

キトラは難なく片手でカイルの両手を頭の上にまとめる。

顔を寄せたキトラに、べろり、と耳の後ろを舐め上げられて、ぞわりと背中に妙な感覚が走った。

「何を、するんですか！　やめ……やめろって――！」

「お前の嫌がる顔でも堪能しようかと思ってな」

助けを求めてカムイを見ると「微笑ましいですね」とのほほんとしてる。

「微笑ましくない！」

半分とはいえカイルはキトラとは兄弟なのだ。主人が倫理的にまずいことをしようとしているのだから、身体を張って止めてほしい！

うろたえるカイルを、キトラはさらに追いつめる。

「……さて、正直に言わないなら、何をするかわからんぞ……まず、あのクソ辺境伯はどこにいる？」

「……ッ」

カイルは耳まで熱くしながら不機嫌な兄を見上げた。

「キトラ」

「……うん？」

唇を噛みしめて、睨む。

羞恥と、わけのわからない怒りで目に涙が滲む。

キトラは楽しそうに目尻に口づけ、カイルは嫌だ、と首を横に振った。

「こう、いうのは……好きじゃない。やめてくれ……。兄弟で、こんなことはしない……ッ。あんたは……俺の兄貴なんじゃないんですか……慰み者にするんなら、助けてくれないほうがいいッ……」

カイルが懇願すると、キトラは眉間にしわを寄せたが、拗ねたような顔で上体を起こした。

ほっとしたのもつかの間、後ろから羽交い締めにされる。

「そんなに嫌なら、そういうことはしないでおいてやる。だが、心配して駆けつけた私に、お前は何も言わないつもりか？」

「そ、そういうわけじゃ」

「ならば、言え。何があった」

背後から抱きしめられて、しかも肩に顔をのせられて。囁く声が耳朶を打つ。

しかし、よしよしと髪を撫でる指からは、先ほどまでの邪な意図は消えていた。

だが、なんだか、さっきよりも形勢が悪くなっているような気がする。

耳が赤くなるのを自覚しながら、カイルは視線を泳がせた。キトラが楽しそうに耳を噛む。

「噛まないでください、ってば。……アルフレートは出張中です」

「お前を置いて、か？」

「いえ、俺がついていかなかったんですが……」

カイルは、渋々事情を話した。

アルフレートが北部のいざこざで留守であること、その間、要人であるオーティスが遭難したこと。

彼を捜しに出たこと。そして、山小屋に置き去りにされたこと……

話し終えると、キトラは静かに「ふぅん」と声を漏らした。

「彼から疎まれているのは知っていたんですが、まさか命まで狙われるとは思わなかったので……油断しました」

そう言って、ちら、と見た斜め後ろの美麗な顔は、凪いでいる。

お前は馬鹿だとか注意が足りないとか、そういった小言を予想していると、キトラはぎゅ、と力を込めてカイルを抱きしめたまま、短く声を発した。

「カムイ」

「はい、なんでしょう。我が主人」

「――お前、辺境伯領へ行って、そのオーティスとやらの喉笛を切り裂いてこい」

「はい！　喜んでぇ！」

わん！　と元気よく犬の姿に変化しようとした魔族の青年を、カイルは慌てて制した。

「ま、待て！　だめ、だ!!　だめですってば!!!」

「何故だ、弟。その愚か者は我らアル・ヴィースに喧嘩を売った。万死に値するだろう。ああ、安心しろ。亡骸は焼き尽くして海にでも灰を捨てさせる。ばれないぞ。なあ、カムイ？」

「勿論です！　我が主人！　焼いて砕いて灰にして！　ぱああって撒いてきます！」

だいぶ攻撃的なことを言うキトラに、カムイが全力で同意している。

そういう問題でもない！

微笑み合う主従に挟まれ、カイルは蒼褪めて首を横に振った。

そんなカイルに、キトラは微笑む。

「まあいい。どちらにしろお前を里に連れて帰る。屋敷で十分身体を癒していけ」

「……それは……」

カイルは言葉に詰まった。

キトラはカイルの肩に手を回したまま、うん？　と首を傾げる。

「何か予定でもあるのか？」

「……俺は、辺境伯領に戻らないと。皆、心配しています」

皆ではないかもしれないが、テオドールやユアン、クリスティナは間違いなく心配してくれるだろうし、キースは多分また、すごく怒る。

そしてアルフレートは……と考えて、カイルは眉根を寄せた。

そもそも、ここに生きていることを、誰かに伝えなければいけない。

「やめておけ」

「え？」

キトラの紅い瞳が光る。

「辺境伯に報せてやる必要などない。せいぜいお前を失ったことを苦しめばいい」

キトラに冷たく言い切られ、カイルは視線を落とす。

カイルにとってキトラは腹違いの兄というだけではなく、命の恩人だ。

以前、王都でカイルが死にかけた時に助けてくれたキトラには感謝しているし、同胞として心配してくれるのもありがたい。

だが、やはり……カイルの居場所はアルフレートの隣しか考えられない。

「キトラ、またしても命を救っていただいたことは感謝します。しかし、俺は帰らねば……」

「許可できないな」

キトラは薄く笑ってカイルを引き寄せると、耳朶を舐める。

「……ッ」

「慰み者になるのが嫌なら、私の言うことをお利口に聞いておけ、カイル。お前が私の客として大人しく里に来るなら、それなりに扱ってやる」

「……横暴だ」

「そうとも、私の専売特許だ。今更気付いたのか？　泣き言はあとで聞いてやる」

逃げようともがいていると、首に細い指がかかる。

頸動脈（けいどうみゃく）にぐっと力を込められた。

純粋な力だけではない、何か呪力のようなものが流れ込んでくるのに気付いてカイルは呻（うめ）いた。

……つもり、だった。

「……う……あ」

意識が急速に遠のいていく。

そして、ゆっくりとキトラの腕の中に倒れ込んだ。

◆

カイルが寝息を立てるのを見て、キトラはふふ、と笑った。

子供のように寝入った顔を眺めながら、カイルの黒髪を指で梳（す）いて背中を叩く。

「あのー、主（あるじ）。キトラ様」

「あ？　なんだ、カムイ。お前まだいたのか」

「ひどい！　私を呼んだのはキトラ様ですからね!?」

機嫌のいい主人にカムイは首を傾げた。

「カイル様を今度こそ誘拐しちゃうわけですか？　それって、とーっても、悪役ですよね？　それに辺境伯と諍いになりませんか？　せっかく仲直りしたのに」

三十年ほど前、魔族は王都で暴動を起こし、人々を混乱に陥れた。

その混乱に乗じて、暴虐だった先代の魔族の長――つまりキトラの父が人間の女を襲い、その時にできた子供がカイルである。

暴動以降、魔族と人間の関係は悪化の一途を辿っていたのだが、半年前に辺境伯が主導して、ニルス国王とキトラが友好条約を結ぶところまで漕ぎつけた。

そのため、政治的な側面では、カムイの言う通り辺境伯とはうまくやっていくべきなのだが――

「黙れ」

ぷい、とキトラは横を向いた。

「これを窮地に追いやったのは、辺境伯の落ち度だ。助けた私が連れ帰ってもなんら問題ない。さ、帰るぞ」

「あ、じゃあ、オーティスとやらを殺しに行かなくてもよろしいので？」

「放置しろ。さあ、出て行け、カムイ。しばらくカイルを寝かしつけておく」

カムイは呼んだくせにひどい、と思ったが、「はあい」とお利口に返事をした。

キトラは機嫌よく笑い、つけ加える。

「ああ、カムイ。お前、余計なことを言うなよ？」

「勿論ですとも、主！」

カムイはえへへ、と笑って部屋を出た。

……そして、ふむ、と顎に手を当てて考え込んでいると、バシクがぱたぱたと走り寄ってきた。

彼もカイルを心配して、カムイの屋敷までついてきたのだ。

「カムイ、あいつ元気になった？」

「バシク！　勿論ですよお……。今はぐっすり……と、そうだ」

カムイはバシクを招いて自室に行くと、さらさらと紙に伝言を書いた。

「バシク、君なら穏便に事を運べるでしょうから、これを『カムイから』と告げて、辺境伯領にいるキース神官と、騎士のユアン卿に渡してもらえますか？」

バシクは手紙の内容に目を走らせ、いいぜ、と請け負った。

手紙にはカイルの生存と、迎えをよこしてほしい旨が書いてある。

カイルを軟禁してキトラが楽しむのは結構だが、それでニルス王国との友好関係が崩れたら、カムイには非常に都合が悪い。両国の友好関係に罅が入っては、ここ数年の努力が水の泡になる。

たかが騎士一人。通常ならば辺境伯も諦めるだろうが、あの紅い髪をした青年が、易々と手を離すとは思えない。

毒か、薬か。

カイルの存在は、なかなか厄介だと思って苦笑する。

「申し訳ありません、キトラ様。言いませんけど、書いちゃいました」

この屁理屈は、あとでめちゃくちゃ怒られるだろうなあとうきうきしながら、カムイは少年に手紙を託し、送り出した。

◆

カイル・トゥーリがオーティスを捜しに出た先で行方不明になったという報せは、翌日のうちには辺境伯領のユアンのもとに届いた。

「カイル卿が行方不明？　そして、オーティスは無事に戻った、だと？　なんと都合のいい展開だな……？」

報せを持ってきた騎士を、ユアンは一瞥した。この騎士は、カイルとともに屋敷を出た男だ。

「君は同行していたはずだ。それなのに、途中で見失った、と？」

「カイル卿が一人で行くと言われたのです。そのあと雪がひどくなり、追うことができませんでした。見失ったのは私の責です。申し訳ありません、ユアン様」

「そうだな、君の責だ。どうやって贖う？　閣下にどう説明する？」

ユアンの詰問に、騎士は不快そうに眉根を寄せた。

「ユアン様に報告したのと同じことを繰り返すのみです。それ以上に説明が必要ですか？」

たとえ、カイル・トゥーリがアルフレートのかけがえのない人であっても、彼は公的な身分でいえば一介の騎士でしかない。

今更ではあるが、ユアンはカイルが躊躇っていることを理由に、公的な地位を得るための様々な手続きを後回しにしたことを後悔する。

こうなることを危惧していたのだから、もっと強くカイルに釘を刺すべきだった。

――目の前の男よりも、己に責がある。

ユアンは、目の前の騎士を鋭く見据えた。

「ならば、今すぐ捜しに出るべきだ」

「誠に気の毒ではありますが、雪山に慣れない方が今も無事であるとは思えない。今行けば犠牲者を増やすだけです」

男はもはやカイルが生きていないことを前提に話す。ユアンは拳を握りしめた。

殊勝な表情の下に嘲りを滲ませる男に、苛立ちを隠せない。

カイルを捜しに行くしかない。ユアンとその部下だけでも……と思っていると、至極冷静な声が割り込んできた。

「捜しに行く必要はない。――カイルはもう、雪山にはいないだろう」

ユアンと騎士が弾かれたように声の主を見ると、紅い髪の辺境伯は、扉のすぐ傍に無表情で立っていた。

騎士が慌てて頭を下げる。

「閣下、いつお戻りに」

「つい先ほど、だ。安心しろ。向こうでの用事はすべて済んだ」

ユアンはまず安心し、それから申し訳なさから頭を垂れた。

「カイル卿が、オーティスを捜しに雪山に赴き、遭難しました。状況のご説明を――」

「ヨーゼフ」

ユアンの言葉を遮り、アルフレートが騎士を呼ぶ。

騎士はまさかこんなにアルフレートの戻りが早いとは思っていなかったらしく、蒼褪めたまま俯いている。

「はっ、閣下！」

「我が辺境伯領で働く者は、その身分がどうであれ、皆、家族だ。そうだな？」

「も、勿論です、閣下」

「では、君は――君の強い要請でドラゴンに乗って雪山に赴いた同志、カイル・トゥーリを探索しに行きたまえ。君の命に代えても」

騎士――ヨーゼフは困惑したように視線を上げた。

「し、しかし、まだ山の天候は不安定で……」

「命令だ。生きていても、遺体でも、カイル・トゥーリと一緒でなければ二度と帰ってこなくてよい。さあ、行け」

「閣下、それはあまりにも……」

横暴です、と続けようとしたであろうヨーゼフは、アルフレートの蒼い瞳に一瞥されて黙り込んだ。

「私の気が変わって君の胴と首を別れさせないうちに、さっさと部屋を出ていけ」

「……はっ！」

辺境伯の怒気を孕んだ声に、ヨーゼフは逃げるように部屋を出て行った。

アルフレートは鋭い視線で、ヨーゼフを見送る。呆気に取られていたユアンは我に返ると、主人の前に慌てて跪いた。

「閣下、申し訳ありません。すべては私の咎です。どのような罰でも受けますが、その前にどうか、私を捜索に行かせてください。命に代えてもカイル卿を捜してみせます」

「私の部下は、己の命を軽んじる者ばかりだ。お前といい、カイルといい……。どうせカイルのことだ、番を心配するドラゴンに頼まれて、オーティスの捜索を嫌だと言えなかったんだろう……馬鹿め」

言いながら、アルフレートはこめかみを揉む。

「……アルフレート様？」

ユアンは訝しげに顔をあげた。

カイルの生死が不明だというのに、アルフレートはいやに冷静だ。

どうしたのかと思っていると、アルフレートが扉に向かって声をかけた。

「入ってきて構わないぞ、キース神官」

「どーも。……って、わんこも一緒でいいですか？」

「構わない……まだ彼は、犬の姿なのか？」

事情がわからずユアンが困惑したまま振り返ると、もふもふした白い仔犬を抱きかかえたキースが、「どうも～」と笑顔で現れた。

彼の手の中で、仔犬がわふ、と元気よく鳴く。

頭上に疑問符を浮かべるユアンの隣に、アルフレートが並んだ。

「カイルがオーティスを追った経緯については、キース神官から聞いた」

「キース神官が？　耳が早いですね」

驚くユアンに、キースが肩をすくめる。

「辺境伯邸にお勤めのご婦人方が、私にご注進くださいまして。カイル卿が可哀想です、とね」

満面の笑みのキースに、ユアンは、ああ……と納得した。

この天使のような外見の神官は、辺境伯領の熱心な国教会信者たち……特にご婦人方に非常に人気がある。

キースがカイルの幼馴染であるというのは有名な話なので、カイルが理不尽な目に遭っていると、キースに告げ口をすることもあるようだった。今回も、きっとカイルが騎士たちに無理を言われているところに、誰かが通りかかって聞いていたのだろう。

一度、言論統制をすべきだなと思いつつ、ユアンはキースを促した。

「それで？」

「あいつが行方不明になったというので、さすがに捜しに行こうかなと思っていたところ、この犬……じゃない、オオカミが教会の傍をうろついていたんです。それでこの手紙を持っていたんで、辺境伯に先にご連絡を」

『わふ！』

白い犬はキースの言葉がわかっていると言わんばかりに鳴いた。

手渡された手紙に目を通したユアンは、安心してその場に崩れ落ちそうになった。

「カイル君、無事で……」

「ユアン様と俺宛だったんで先にユアン様に見せたかったんですけど、お忙しそうだったので」

「いや、先に閣下に報せてくれて助かったよ……」

でなければ、カイルに関しては激情家の辺境伯が何をしでかしたか、考えるだけで恐ろしい。

具合が悪いと屋敷に引きこもっているオーティスの首を刎ねかねない。

ユアンは跪いて、キースの腕の中で楽しそうに人間たちを観察している仔犬……にしか見えないオオカミを見上げた。

「ええと、君が、バシク？」

ユアンは手紙に書かれていた名前を思い浮かべて問う。

――手紙の主は、魔族の長、キトラの腹心であるカムイだった。

彼によれば、死にかけたカイルをこのオオカミの獣人であるバシクと、その主であるザジという青年が救い出したらしい。

しばらくカイルは魔族の里で療養させるので、ユアンとキースに迎えに来てほしい、とも書いてあった。

バシクと呼ばれたオオカミはわふ、と鳴くと、ぐにゃりと身体を融けさせて、次の瞬間には人の形をとった。だが、少年の頭にはオオカミの耳が、尻には尻尾が生えている。

——獣人だ。

バシクの耳と尻尾はふわふわと揺れている。全裸では寒いだろうとユアンがショールをかけてやると、バシクは「どうも」と大人びた表情で礼を言った。

アルフレートはバシクの前で片膝をついて少年を見上げる。

「君が、バシクか。初めまして。私はアルフレートという。カイルを助けてくれたことに感謝する」

「初めまして、辺境伯様。雪山で死にかけている奴がいたら助けるのは、北の者として当然だ。それは人間でも魔族でも一緒だろ?」

獣の姿の時はずいぶんと可愛らしいが、人間の姿だとクールな印象になるようだ。

彼はショールを身体に巻きつけ、この場にいる面々の顔を見る。

「カムイが、ユアンかキースって人に手紙を渡せって。辺境伯の屋敷に忍び込むのは難しかったから、神殿に行ったんだ」

それから、キースをここに連れてきたらしい。

アルフレートが頷いたのを見て、バシクは続ける。

「手紙の内容の通り。カムイが……ひいてはキトラ様が、カイルを保護している。でも、里に人間がずっといるわけにはいかないから、迎えに来てほしいんだ。できる?」

「魔族の里への案内はバシク殿がしてくれるのかな?」

キースがバシクの頭を撫でながら尋ねると、彼はうん、と頷く。

「俺は足が遅いからドラゴンに乗ってきてくれると嬉しいけど。いい？」

バシクの問いに、アルフレートは鷹揚に応じた。

「勿論だ。ヒロイとニニギで行くことにしよう」

そうですね、と応じそうになったユアンは、ん？　と動きを止めた。

今の口ぶりではまるで――

嫌な予感がして主を見上げると、彼は身じろぎもせずに宣言する。

「私が行こう。キトラ殿に迷惑をかけては申し訳ない、早々にカイルを連れて帰らなくてはな」

「何をおっしゃるんですかッ」

ユアンは慌てて言い募る。

「カムイ殿が指名したのは私とキース神官ですよっ！　閣下は大人しくここでお待ちになってください っ」

だが、傍らのバシクは首を傾げた。

「別に迎えに行くのは誰でもいいと思うよ」

余計なことを言わないでくれ！　とユアンは心中で悲鳴をあげ、対照的にアルフレートは、そうだろう、と満足げに頷いた。

「ユアン。私はカイルの行方不明の報せを聞いて傷心し、部屋に閉じこもっていることにしよう。なに、半月ばかり私が姿を消しても、ユアンとテオドールがいれば問題はない」

ユアンは頭を抱えた。

「いいわけがないでしょうっ！　キース神官、君からも説得して！」

「いいんじゃないっすか、キトラ・アル・ヴィースも閣下に会いたいかもしれないし」

キースはにやにやとアルフレートを眺めるばかりで反対しない。

バシクも人間たちを見比べて決断を待っているだけのようだ。

「いいのか？　ユアン。私をここに残して魔族の里に行っても。お前が戻ってきたらオーティスとヨーゼフの首が城壁に並んでいるかもしれんぞ」

ユアンはアルフレートの発言に、その場に崩れ落ちそうになった。

アルフレートが冷静だなんて思った己が間違っていた。

間違いなく、主はひどく、怒っている。

ユアンは泣く泣く、折れた。辺境伯領が痴情のもつれで血の海になるよりは、しばらくアルフレートが寝込んでいてくれたほうが、まだマシだ。

それに、辺境伯が数ヶ月王都に赴いて領地を空けるのはよくあることだから、幸い、この地は主の不在には慣れている。

「……わかりました」

「聞き分けてもらえて嬉しいよ」

渋々首肯したユアンに、アルフレートはわざとらしく微笑んで続ける。

「私が寝込んでいる間に、誰が何をするか黙って見て、私に報告してくれ」

「そちらも、承りました」

ユアンが答えると、アルフレートは「では行こうか」とバシクを促す。

だが、バシクはさすがに嫌そうな顔をした。

「その前に、着るものをくれませんか？　裸で冬山に行くのはちょっと遠慮したいんで」

バシクの言葉に、キースがニヤニヤ笑う。

「なんだ、わんこの姿で行かねえの？　可愛いのに」

「犬じゃないって言っているだろう、神官の兄さん。俺はオオカミだよ、オオカミ」

バシクははあ、とため息をついた。

ユアンは戯れる二人を見て苦笑いを浮かべながら「服は手配するよ」と請け合って、部屋を出た。

そのついでに、己の胃薬も探そうと思いながら――

第二章　異邦人

魔族の里は、ニルス王国が位置する大陸の最北にある。

長が住まう城は峰と峰の間にあり、天然の城塞に出入りするのは、無論人間の力だけでは不可能だ。ドラゴンの助けがなくては辿り着けない。

そこに半ば引きずられるようにして連れて来られたカイルは、眼下に広がる光景に歓声をあげた。

「すごい、ドラゴンが群れで飛んでいる」

ザジたちの領地をあとにしたカイル一行は、彼の所有のドラゴンを借り受けて、アル・ヴィースの城へと向かっていた。

眼下に広がる縦に長い城は山肌と一体化している。ニルスの豪奢な王宮とはまた違う、厳かな光景だった。

壮大な景色に胸を打たれながら、カイルはカムイの屋敷を出る前のことを思い出した。

無理やり昏倒させられたあと、目を覚ますなり「城へ行くぞ！」と朗らかにキトラに宣言された。

再度渋ったのだが、カムイがこっそりとカイルの耳に囁いた。

「辺境伯への連絡は私がなんとかしますから、今は兄上のわがままにお付き合いください」

そう言われてしまえば、折れるしかなかった。

逃げ出そうにも、その手段がない。辺境伯領には落ち着いてから連絡するしかない。

アルフレートはまだ帰ってきてないだろうか。ユアンたちはカイルの行方不明を知って、捜索してくれているかもしれない。

早く皆に安心してもらいたいのになと、カイルはため息をつく。

その時、ドラゴンの鳴き声がした。

カイルが上空を見上げると、雲の合間を縫うように数十のドラゴンが悠々と飛んでいる。

「あんな高いところを……」

驚くカイルに、ドラゴンに同乗しているキトラが説明してくれる。

「あれは飛竜の変種だ。飛竜よりも大きく、高いところを飛ぶ。あいつらはいつも自由に飛んでいる」

「自由に？　傍にいないんですか。騎乗したい時はどうするんですか？」

「まあ、何頭かは城にいるが。大体は好きに遊んでいる。呼べば来るから困りはしないな」

「そう、なんですか……」

ことなげに言う魔族の長に、カイルは呆気に取られてしまった。

人間がドラゴンを馴らすのにどれだけ苦労することか……と思っていると、斜め後方からカムイの笑い声が聞こえた。

「カイル様、キトラ様の言葉を真に受けちゃだめですよ～。魔族だからってドラゴンが簡単に命令を聞くわけじゃありません。アル・ヴィースは特別です」

へえ、とカイルが感心すると、背後でキトラが呆れる。

「他人事のように……」

暗に「お前もそうだ」と言われているが、カイルとしてはやはり首をひねるしかない。

アル・ヴィースは魔族の長の家系。

銀色の髪に褐色の肌、血のように紅い瞳を持つ美しい人々だ。キトラのように。

カイルは横暴だったキトラの父親が人間を孕ませて生まれた子だが、キトラのように銀の髪も持たないし、肌も浅黒いという程度で褐色ではない。瞳は紅いが、魔族のように尖った耳も持たないし……と考えて、カイルはちょっと苦笑した。

人間の中では「魔族だ」と恐怖と嫌悪で見られることの多いこの容姿だが、魔族に交じるとおそらく人間にしか見えないのは、いささか皮肉だ。

その人間にしか見えない男が魔族の長に連れられて里に行くというのは、どう受け取られるのだろう。

そう思っていると、眼下に数人の人影が見える。

縦に長い細長い城塞の中腹あたりに半円形のバルコニーがあり、そこにキトラはドラゴンを着陸させた。

「長！」

「キトラ様、よくお戻りで。急なご不在に心配いたしました」

軽やかに飛び降りたキトラを、魔族の男女が出迎える。

短髪で鋭い視線の男性がキトラに恭しく礼をし、その紅い瞳をカイルに向けた。

「……長、そちらは？」

「私の客だ。トール、もてなせ」

トールと呼ばれた男性は、一瞬眉根を寄せたが頷く。

「御意」

「俺の世話もよろしくぅ、トール殿ぉ。久しぶりだなあ、そのスカした面！」

「……ザジ殿」

トールがあからさまに嫌な顔をした。それからカムイを見る。

「ザジ殿の世話はカムイがするといい。気心が知れているだろう」

カムイは、「ええ〜」と抗議の声をあげた。

「私がですかあ？　おうちでゆっくり寛ぎたいのにぃ」

「わがままを言うな。駄犬」

キトラが舌打ちすると、カムイはころりと意見を変えた。

「我が長の命令ならば、喜んで。ささ、ザジ、適当についてきてくださいねえ。廊下が空いてますよお」

どうもザジは、皆から邪険にされているらしい。

「ザジ殿、ありがとうございました」

一応、命の恩人なので、カイルはザジに会釈した。するとザジはへっと鼻で笑い、カイルに近寄って耳打ちする。

「お前の世話係になる、トール。キトラの鈍感野郎には思いもよらないだろうが、あいつは多分お前が嫌いだぜ？　気をつけろよ」

「それは……」

どういうことかと尋ねる間もなく、獣人二人は去っていく。

カイルが釈然としない面持ちでその場に立ち尽くしている背後で、キトラがトールにあれこれと指示していた。

「——そして、長。この客人の名は？」

カイルが名乗ろうとするのを手で制して、キトラが端的に説明した。

「カイル・トゥーリ。弟だ」

「…………おとうと？」

トールの視線に険が混じる。

トールはキトラを見て説明の続きを待ったが、キトラはそれを無視してカイルに言った。

「私はしばらく忙しい。不自由があればトールかカムイに頼め。——逃げるなよ」

「俺は軟禁ですか？」

「客としてもてなす、と言っている。逃げようとすれば待遇は変わるかもな？」

「……わかりました。お世話になります。逃げませんが、連絡はとらせてください」

表情に不服を滲ませて訴えると、美貌の魔族は何故か機嫌よく応じた。

「お前がいい子にしていればな。しばらくは我が家を楽しめ」

キトラが姿を消し、カイルはトールと、もう一人の若い女性とその場に残された。

「……カイル様、ティズと申します」

髪の長い女性に控えめに名乗られ、カイルも頭を下げた。

「カイル・トゥーリと申します」

それ以外は、なんと名乗るべきだろうか。

辺境伯領の騎士だ、と言うのは少々躊躇われる。

魔族を忌む人間がいるのと同じように、人間を好まない魔族もいるだろう。この男女がどういう感情を抱いているかがわからない。

カイルは言葉少なに挨拶する。

「以前、キトラ様に王都でお世話になりました。そのご縁で……しばらく、お世話になります」

男女は無言で視線を交わした。

長がどう考えても怪しい人間を連れて来て困惑しているだろうが、トールは表面上は平静に、

「こちらへ」とカイルを誘った。

山と一体化した城の中は暗いだろうと思っていたのに、採光のために多くの窓があるからか意外に明るい。

それだけでなく、白く発光しているふわふわしたものが天井近くにいくつも浮いている。

「光が浮いている？」

カイルが天井を仰ぐと、ティズが微笑んで説明してくれた。

「ヒカリゴケですよ。この里にだけある……生き物と植物の間のようなものでしょうか。城内で灯りに火を使うのは危険ですから、捕らえて放してあるのです」

「ヒカリゴケ……」

油がいらないのならば便利そうだなと感心していると、彼女は笑った。

「もっとも里以外では枯れてしまうので、人里には持っていけないのですが」

「そうなのですか」

カイルとティズが距離を測りながら会話しつつ進むのを、トールは黙って先導する。

客間らしき部屋に到着すると、トールはティズに何やら指示し、ようやくカイルを見た。

「客人、どうぞごゆるりと」

「ありがとう、ございます」

ひやりとした空気を感じて、目を伏せる。

トールは閉じた手を胸に当て、目礼を返すとカイルに背を向けた。

――あいつは多分お前が嫌いだぜ？　気をつけろよ。

ザジの忠告を思い出してそっと息を吐く。

ティズがカイルの動揺に気付いたのか、明るい声で促した。

「しばらくはこちらのお部屋にご逗留ください、カイル様。夕食と朝食は私がお持ちしますので。湯は使われますか？」

「できれば」

「少し歩いたところに天然の湧き水がありますよ。案内できる者を探しておきましょう」

「部屋を出て、城内を見てもご迷惑ではないですか？」

キトラは、しばらくはここにいろ、場合によっては軟禁する……と言っていたが、自由に動けるものだろうか。

そう思ったカイルの問いに、ティズは微笑んで頷いた。

「勿論です。けれど城内は迷路のようですし……お一人では迷われるかもしれません。お食事後でよければ、私が案内しましょうか？　遅くなるかもしれませんが……ああ、私の代わりに誰か見つけて……」

　ティズがおろおろとしはじめたので、カイルは慌てて手を振った。

　善良そうなこの女性に、いきなり現れた客人の世話をさせては申し訳ない。

「いえ、結構です！　あの、やはり今夜は疲れたので早々に休むことにいたします。明日、お願いできれば嬉しいかなと」

　ティズがほっと顔をほころばせた。

　今まで出会った魔族が悉く個性の際立った面々だったので、彼女のような大人しそうな人もいるのか、と妙な感慨を抱く。

　ティズは上目遣いでカイルを見た。

「あの……カイル様」

「はい、なんでしょう」

「先ほど、キトラ様がカイル様を、弟……と呼んでいらっしゃいましたが」

「あー……、それは」

　違う、と言えば嘘になるし。

　そうだ、と言うのも気が引ける。

「俺の口からはなんとも。キトラに聞いてください」

　もごもごと言うと、ティズはくすくす笑った。

　華奢な身体つきと柔和な表情があいまって、彼女はずいぶんと幼く、可憐に見える。

「そのお答えが、事実であることを何より雄弁に語っていますわ。キトラ様が紋章を、親しくない方に渡すわけがありませんものね」

カイルは服の下に隠してある紋章に触れた。

ここには、キトラがかつてカイルと交換してくれたアル・ヴィースの紋章を象ったペンダントがある。

「服の下にあっても、わかるものですか？」

「私は少々、同族の気配に敏感なのです」

「気配、ですか」

穏やかなティズの説明に、カイルは目を見張る。魔族の異能は多岐にわたるらしい……

興味深く思っていると、ティズが話を続ける。

「カイル様が客人だということは城内には通知されるでしょうが、里ではその紋章を常に手放さないようになさってくださいね。何か揉め事に巻き込まれても、紋章を示してカイル様がアル・ヴィースの縁者であるとわかれば、相手が引くでしょう」

アル・ヴィースは魔族の中では王族のようなものだ、とアルフレートは言っていたが、縁者でもその影響力は絶大らしい。

……偽物を持った怪しげな半人間、と余計に疑われなければいいが。

カイルは紋章を握りしめながら思ったが、にこにこ説明してくれたティズにわざわざ言う必要もないだろう。

「そうします」

「トールの態度をお許しくださいね。誰にでも、そっけない人なのです」

頷いたカイルにティズは微笑んでそう言うと、去っていった。

彼女がいなくなってから、カイルは大人が楽に出入りできそうなほど大きな出窓に腰かけて、はあ……とため息をついた。

ティズに大人しくしています、と宣言した手前、出て行くのも躊躇われる。

ぼーっと上空を眺めていると、ドラゴンの一団が峰々に区切られた楕円形の空を、悠然と横切っていった。

視線を下に向けると、眼下では大勢の人々が何やら市のようなところに集まっていた。庶民の住む区画なのだろうか。

「……あたり前だけど、魔族にも日々の暮らしっていうのはあるんだなあ」

豆粒のような大きさの魔族たちが、ゆっくりと流れていくのを見つめる。

もしも、カイルがこの里で生まれていたら。もしくは子供のころに里に引き取られていたら、あそこで働いていただろうか――

ありえない想像をしながら、カイルは目を閉じた。

アルフレートは心配しているだろうか。

キースは怒っているだろうか。

「どうやって帰ろうか……。その前になんとか連絡を……」

一人ごちたカイルの耳に、風を切る羽ばたきの音が聞こえてきた。

群れのドラゴンが一頭こちらに来ているのだろうか、と視線を上げると、白いドラゴンがカイルの目線の高さを横切った。

二度、三度と窓を通り過ぎたドラゴンは、速度を落としてこちらに近づいてくる。

この出窓に来るつもりか、と慌てて身を引くと、飛竜にしても小柄なドラゴンは、ふわりとカイルが座っていたあたりに脚をかけて羽をおさめた。

『本当だ！　アル・ヴィースの子！　アル・ヴィースの四番目がいる』

キュイッとドラゴンが鳴いて、カイルの顔を覗き込む。

「……ええっと、こんにちは。俺はカイル。君は？」

『俺？　俺はねえ、シウ』

「シウ、よろしく」

ドラゴンに挨拶したカイルは、その背中の小さな人影に気が付いた。

ひょい、と少女が顔を出す。

「キトラが人間を里に連れて来たと噂になっていたから覗きに来たんだが……本当に連れて来たんだな、あいつ。しかも――竜の声が聞こえる人間とは、面白い」

「……こんにちは」

小柄な少女は無遠慮に、しかしどこか楽しげにカイルを眺めると、トン、と軽やかに部屋の中に飛び降りた。そして、カイルに手を差し出す。

「私はイオエだ、よろしくカイル」

十歳を少し過ぎたくらいだろうか。銀色の髪に紅い瞳をした、恐ろしいほどに顔かたちの整った少女は、結っていない髪を緩く背中になびかせている。

ドラゴンの騎乗に邪魔にならないためにか、下半身は革靴とおそらく麻でしつらえたズボンを身につけ、上半身は魔族の人々が多く着ている身体を締めつけないチュニックを纏っていた。パッと見ただけだと、少年に見間違えそうな格好である。

銀髪の魔族は皆高位だと聞いたことがある。ならば少女も、そう、だろう。

「よろしく――」

「こんなところで呆けた顔をして、暇なのか？」

イオエと名乗った少女はカイルの挨拶を遮り、「うん？」と可愛らしく首を傾げて問いかけた。

カイルは苦笑する。

「まあ、暇かもしれないけど、今日はゆっくりしようかなって……」

「若い人間が情けない！　時間を無駄に消費するな」

「わっ」

思いがけず強い力で引っ張られて、カイルは慌てた。出窓から落ちるところだった。

「いきなり引っ張ると危ないだろう、お嬢さん」

「私はお嬢さんではない、イオエだ。そう呼べ」

なんだかキトラともこういうやりとりをしたな、とカイルは懐かしく思い出した。

高位魔族は尊大な性格の人が多いのだろうか。

カイルがそんなことを考えていると、イオエは言う。

「暇なら私と一緒に遊びに行こう。ちょうど今日は城下に市が立っている」

「心躍るお誘いだけど、今日はもう休むとティズに言ってしまった。明日また誘ってくれないか？」

「生憎と私はカイルのように暇じゃないんだ。今日がいい。行くぞ、ほら」

ぐい、と引っ張られてバランスを崩す。器用にドラゴンがカイルの真下に移動して、カイルは彼に跨ることになってしまった。

物音を聞きつけたのか、ティズが飛び込んでくる。それからすぐにイオエを見つけて、目を丸くした。

「まあ！　イオエ様っ!?　何事です？」

二人は顔見知りらしい。

そしてティズが敬称をつけるということは、やはり少女は高位の存在なのだろう。

イオエはティズに優雅に微笑んで答える。

「やあ、ティズ。カイルが暇そうだから、私が遊んでやろうと思って。長にはそう伝えておいてくれ」

「今日はトールと会われる日では？」

「気にするな、ティズ。あいつは私と会いたがらないさ。さ、カイル行こう！」

カイルの言うこともティズの言うことも聞かず、イオエはシウの手綱を取る。

「すみません、ティズさんっ！　夕食には戻りますから――」

言い終えないうちに、シウはもう出窓から足を離していた。

「気を付けて」とティズが不安げに手を振るのを見ながら、カイルは上空高く舞い上がった。


イオエに連れて来てもらった城下町は賑(にぎ)やかだった。

街に降りると、ドラゴンのシウは「またね！」と上空に帰ってしまう。日暮れ時にまた迎えに来てくれるのだという。

ドラゴンは元々自由な生き物だが、魔族の里のドラゴンは人間の国にいるドラゴンよりもずっとずっと気ままらしい。

イオエは目立つ銀色の髪を器用に一つにまとめると、黒い布を頭に巻いて隠した。やはり銀髪は目立つから隠すのだろう。

「お前の丸い耳は目立つから隠せ」

イオエにそう言われて、カイルも布を頭に巻く。

魔族は肌が褐色(かっしょく)の者ばかりだと思っていたが、カムイやトールのように白い肌の者も少なくない。

きょろきょろとあたりを見回すが、カイルが人間だと気付く者はいないようだ。

少し安堵(あんど)していると、今度はショールを手渡される。

「寒いから羽織っていろ」

ショールは黄土色と白に、幾何学模様(きかがくもよう)が織り込まれている。

軽いのに、寒さが嘘のように遮断された。羊毛だろうか、それとも別の動物だろうか、とカイルは羽織を指で確かめた。ひどく指触りがいい。

ショールを身体に巻きつけながら、カイルはくすりと笑った。

「君は、お忍びに慣れているな、イオエ」

「ふふ、城にずっといると息が詰まるから」

少女は人差し指で、くいっとカイルを促(うなが)した。

ついてこい、ということらしい。

カイルはイオエに従い、街中を歩きはじめる。

辺境伯領と同じように、大通りには店が所狭しと並び、道行く魔族たちは賑(にぎ)やかに言葉を交(か)わしながら物の売り買いをしている。ほとんどが大陸公用語を使っているが、東国の言葉らしきものも聞こえた。

食糧を扱う店では、山で採れたらしい肉や果実が多く並べられ、菓子などは見かけない。

ふと疑問が浮かんで、カイルはイオエに尋ねる。

「雑貨や家具なんかはどこで買うんだ？」

「それはそれぞれの店で。ここは、市場だから衣料品や食糧くらいしかない。あ、この串焼きなんかは美味(うま)いぞ。山豚の肉だ。山鳥の肉は今の時期より春が美味(うま)い――」

ほれ、と渡されて、カイルも、はむ、と齧(かじ)りつく。

辛(から)めの香辛料が、炭火でじっくり焼かれた柔らかな肉になじんでよく合っている。

「美味いか？」

「とても。君に言うべきじゃないかもしれないけど……酒が欲しくなる味だな」

「それは夕食の時にでも振る舞ってもらえ。人間の市場と、どう違う？」

「加工品が少ない、かな？」

カイルの言葉に、少女はそうだなと頷く。

「元々魔族は人間ほど食道楽じゃないからな。食材を煮る、焼く、香辛料で味付けする……まあ肉は生でも食べるが、そういう単純な料理しかないんだ」

イオエの言葉に、カイルは驚く。

「人間は食道楽、か？」

「うん、ここには凝った料理とかはあまりない。王都に行った時は驚いた。あんなに手間暇かけて作って……私は好きだけど、一緒に行った兄は胃がもたれるとしょげていたなあ……ああ、人間の女子供が喜んで食べるようなケーキや、焼き菓子なんかもない」

「それは、俺には辛いな」

カイルがそう言うと、イオエはにやりと笑う。

「なんだ、カイルは甘党か？」

「……すごく。子供の頃は砂糖菓子なんか贅沢品だったから、初めてケーキを食べた日には熱が出るかと思った」

飛龍騎士団に入ってからはアルフレートから餌付けとばかりに事あるごとに菓子をもらっていた

ので、甘いものに関してはやたらとうるさくなってしまった。

「甘いもの、か。猫百合の蜜飴なんかは、気に入るかもな」

イオエは近くにあった露店に銅貨を払って、小さな包みを買ってくれる。

カイルが覗き込むと、丸い飴が十数個入っていた。

「猫百合？」

「この地域でそこら中に咲いている花の名前だ。猫がその匂いを好む。根を切ると甘い蜜が採れるから、固めて飴にする」

説明を聞きながら蜜飴をつまんで口に放り込むと、思ったよりも硬くなく、舌で転がすたびにほどけてほろほろと甘みが広がった。不思議な味だ。

「ん、美味しい」

「子供向けの菓子だが、お前、何でも喜ぶんだな？　人間には毒だったらどうするんだ」

「笑えない冗談だ」

ふふ、と微笑まれて、カイルはばつが悪くて咳払いをした。

味覚が子供だと揶揄われたようだ。

カイルが頭を掻いていると、イオエは少々表情を引きしめる。

「気をつけろよ。私は無害な少女だが、魔族には笑顔の下で殺意を抱く奴がたくさんいる」

「人間もそれは変わらないよ」

「そうか。だが、人間と違うところはな、たいして法が機能しないことだ。ここでは弱い奴は死ぬ。

強い奴が白と言えば白。黒と言えば黒。それが正しい」

「……キトラみたいに？」

「そういうこと」

イオエは首を縦に振る。それは確かに物騒だ、とカイルは眉間にしわを寄せた。

二人は大通りを歩き続ける。

カイルは視線をさまよわせて、果物が置いてある店の前で足を止めた。

飾りなのか、店先には色鮮やかな果物が刃物で切り目を入れられており、まるで花のように加工されている。

すごい技術だなと感心しつつ、カイルはイオエに尋ねた。

「ずいぶんとにぎやかだけど、いつもこんな感じなのか？」

「いいや。今が一番にぎやかな季節だな。星祭の時期だからだ。特に、今年は二十年ぶりに星の並びがいいから、皆張り切っている」

「ほしまつりに……張り切る？」

楽しそうな名称だが、魔族の中では有名な催事なのだろうか。

カイルが首を傾げると、イオエが説明してくれる。

「ああ、人間にはこの行事はないんだな。死んだ仲間があの世から戻ってくるんだ。そこにある果実で作った花は、出迎えの供物だ。帰ってきたばかりの死者の腹が空かないように、祭壇に飾る。……今年は私も兄のために飾ろうかと思っているところだ」

カイルは目を丸くした。

イオエの口ぶりだと、まるで本当に帰ってくるようではないか。

「……本当に死者が？」

カイルが聞くと、くつくつとイオエは喉を鳴らす。

「そういう伝承だ。二十年に一度の星祭は、本当に死者と交流できた、と主張する者もいるが……どうだろうなあ、私の兄さんは戻ってきそうにない」

飄々とした印象のあるイオエの表情が曇った。カイルも自然と俯く。

「きょうだいが……亡くなったのか」

「うん、もう……二十年くらい前になるかなあ」

「二十年」

カイルは少々面食らった。

どう考えても十代前半にしか見えない少女だが、魔族は人間の二倍は生きるというので……彼女はカイルよりも少しばかり年上なのだろう。

イオエは寂しさを振り払うように、しっかりと笑みを浮かべる。

「カイル、お前はいい時期に里に帰ってきた。星祭はとても綺麗で楽しい祭りだ。楽しむといい」

「死者が戻ってくるのが……楽しいのか？」

「うん、飲んで食べて踊って歌って——死者との再会を笑って楽しむ祭りだ。大切な人にまた会えたら、嬉しいだろう？　それに私たちもいつかは死ぬのだし、親しまねば」

魔族の死生観は人間とはずいぶん違う。少なくとも、湿っぽい感じではない。

「今はいない大切な人、か」

カイルは空を仰いだ。

もし会えるなら、自分を拾って育ててくれた、優しかった孤児院の老神官——爺ちゃんに会いたい。

俺も元気にしている、と伝えることができれば、嬉しい。

そう考えると、自然と口元が緩んだ。

「いい祭だな」

「そうだろう」

イオエはなんだか誇らしそうな笑みを、カイルに向けた。


その後も二人は市を歩きまわったが、イオエは案内係として優秀だった。

カイルにあれこれと食べさせ、衣料品ではこの柄にはどういう意味があって、原料の植物は何というもので……魔族の使う絹は、特定の部族が飼育する蚕に限られていて……などとあれこれ解説してくれる。

知識も豊かで、露店の主が「お嬢さん詳しいねえ」と感心していた。

そうこうするうちに、だんだん日も暮れてきた。

菓子を指でつまんで口に放り込んで振り返ると、少女はカイルに尋ねる。

「満足したか？」

「ああ、ありがとう。イオエ。美味しかったし、楽しかった！　……しかし食いすぎた」

「夜は夜できっと美食三昧だが……残すなよ。残したらキトラが拗ねる」

「……えっ……」

カイルは思わず腹の具合を確かめた。腹いっぱいではあるが……まあ、そんなに小食な性質でもない。

明日胃もたれで苦しむくらいで済むだろう。多分。

「歓待してくれるなら喜んで、食い倒れる」

「ははっ、言ったな？　どんどん肉を焼いてやる」

カイルが重々しく宣言すると、綺麗な顔をした少女は、顔をくしゃくしゃにして笑う。

笑顔は、人間の子供と変わらない。

カイルは辺境伯領にいる孤児院の子供たちを思い出した。

カイルとキースが育った孤児院の子供たちは、今は王都の片隅の街にはいない。子供たちごと辺境伯領に引っ越してきたからだ。

子供たちも心配していないといいけどな、とカイルは辺境伯領に思いを馳せた。

——どうやって、連絡を取ればいいのだろう。

アルフレートが、カイルを連れて行かなかったことを悔いていなければいいが、と思うと焦燥感が増す。

大通りを離れ「シウを呼ぶぞ」とイオエが言った時――カイルは視線を感じて背後を振り返った。

胸元に忍ばせていた短剣を手にして、イオエを背中に庇う。

「……何か用か」

姿は見えない。

だが、何かがいる――

気配のする方向に低く声を出すと、イオエが背中で「うわっ」と嫌そうな声をあげた。

「イオエ？」

少女はカイルを庇うようにして一歩前に出ると、不機嫌を声に滲ませた。

「黙って追いかけてくるとは……いつ会っても陰湿な奴だな、お前は」

笑い声のような舌打ちのような、なんとも判断しかねる音が聞こえて、空間が、歪む。

短髪の魔族が身を切るような冷たい風とともに姿を現した。

トン、と軽い音がして男は二人の前に――いや、イオエに跪く。

「お楽しみのところをお邪魔するのは気が進まず……ご不快ならば謝罪いたします。イオエ」

「盗み見るのが趣味か？　文句があるならば堂々と言え、トール」

イオエが叱責しても、トールは涼しい顔で一礼して立ち上がった。

ひょっとして、無断で部屋を出たカイルを捜しに来たのかもしれない。

悪いことをしたかと案じたが、男の無機質な瞳はカイルなど眼中にない。

その視線はただ少女に向けられていて、ピリ、とした空気が二人の間に流れる。

緊迫した雰囲気の中、トールが口を開いた。

「文句ならばありますよ。イオエ」

「どのような？」

「今日は私と会う約束だったはず。それを、蔑ろ(ないがし)になさるとは」

「客人をもてなしていたのだ、大目に見ろ。お前とはいつでも会える」

「いつでも？　あなたが私を避けずにいてくださるなら、そうでしょうね」

……なんだろう。

イオエとトールの会話には、男女の愁嘆場(しゅうたんば)に出くわしたような気まずさがある。

カイルは出がけのティズの言葉を思い出した。

「今日はトールと会われる日では？」と彼女は言っていた。

だとしたら、イオエはカイルのために、トールとの約束を破ったことになるわけだが、ここでカイルが謝罪したら余計に状況が拗(こじ)れそうだ。

トールは動揺しているカイルを意に介さずに続けた。

「あなたが望んでいようがいまいが、我々は許嫁(いいなずけ)です。友好を深める義務があるでしょう」

「いっ、許嫁(いいなずけ)……！」

トールの発した単語に、カイルは思わず声をあげてしまった。

魔族の年齢はさっぱりわからないが、トールの見た目は人間でいうところの三十前。

イオエは……多く見積もっても十三か四くらいだろう。

貴族の婚姻ならばあり得ない話ではないが、ずいぶんと年が離れている。

素っ頓狂な声でようやくその存在を思い出したかのように、トールがカイルを一瞥した。

その視線を遮るようにイオエが背伸びをする。

「そうだとも、我らは許嫁だ。なればこそ——お前は私と、生き別れた弟との交流を邪魔立てするべきではない。むしろ何故すぐに報せに来なかった？」

カイルはイオエの背中を見ながら……首をひねった。

右耳から左耳に少女の言葉が素通りする。

「弟」

小馬鹿にしたようにトールの唇が単語を紡ぎ、カイルを見る。

カイルは、つられたように背後を見てしまった。

そこには、木が何本かあるだけで——誰も、いない。

「……弟？」

自分の舌の上で単語を転がした次の瞬間に、その意味を悟って、絶句する。

銀色の髪の、魔族の少女。

キトラを呼び捨てにする——それができる存在。

まさか。

目を丸くしていると、イオエが、ああ、と口元を押さえた。

「しまったな、まだお前に私が誰なのか言っていなかった」

「……イオエ、ひょっとして、君は……いや、あなたは」

イオエはピョン、と飛び跳ねてカイルに抱きつく。

「私はイオエ。イオエ・アル・ヴィース。お前の姉だ。私の城によく来たな、カイル・トゥーリ！我が末の弟よ！」

「あね……姉さん？」

飛びつかれた衝撃で、カイルはそのまま後ろに倒れ込む。

イオエを見上げて口をぱくぱくとさせていると、どう見ても己の半分ほどの年齢でしかなさそうな少女は、楽しそうに続けた。

「そうだ。キトラに聞いて、お前が里に来るのはいつになるかと楽しみにしていた！ずいぶんと急に来るから、歓迎の準備があまりできていない」

突然明かされた衝撃の事実にカイルが目を白黒させていると、のんきな声が羽音とともに頭上から降ってきた。

「イオエ様ぁ、勝手にカイル様を連れ出したら困りますよお」

のんきな声の主(ぬし)は、予測通り、カムイだ。

イオエのドラゴンであるシウに騎乗している。

カムイはぐるりと周囲を見回すと、「ははぁん」と訳知り顔で頷いた。

眉をひそめているトール、楽しげなイオエ、困惑するカイル。

三者三様の表情から何かを察したらしい。

「愁嘆場ですね？　ま、何があったかはあとでお伺いするとして……キトラ様がカイル様をお捜しですよ。おうちに戻りましょうか、日も暮れちゃいますし！」

トールはカムイを見ると、平坦な声で言った。

「それでは私はお先に」

トールはするり、と煙のように消えていく。どうやら彼も空間を移動する術を持つらしい。

カムイが降りると、シウはイオエに首を擦りつけた。

『お迎えに来たよ！　イオエ。おうちにかえろ？』

「シウ。迎えに来てくれてありがとう。帰りもカイルを乗せていいか？」

『アル・ヴィースのよんばんめも一緒！　いいよお』

ドラゴンがうきうきと尾を動かす。カイルは頬を掻いた。

アル・ヴィースの四番目。

先ほどもそう言われた。深く考えていなかったが……亡くなったという長兄から数えて、カイルは四人目の子供だということなのだろう。

「シウに乗せてもらえるのは嬉しいけれど、それだとカムイさんが……」

カイルがそう言いながらカムイを見ると、彼はうふふ、と微笑んだ。

「お優しいですね、カイル様。しかし、お気になさらず。私は影を移動できますし……獣化して追いかけることもできますから。さ、早くお戻りになってください。キトラ様がお怒りになるのは、私は大歓迎ですけども。お一人で待っているのはお可哀想ですからね」

シウに騎乗したイオエが肩をすくめた。

「まったく、キトラは気分屋で困る。もっと大人にならねばな」

……気分屋なのは、イオエも変わらないように思えるのだが……とカイルが首をひねっていると、カムイがヘラヘラ笑う。

「お血筋ですかねえ」

「何か言ったか、駄犬……」

「えへへ。声が大きくてすみません」

「謝るところは、そこじゃない！」

にやにやするカムイに、イオエが噛みつく。

この二人の関係も、キトラとのそれに似ているようだ。

「ほら、帰るぞ、カイル」

「ああ」

カイルは大人しくイオエに従って、シウに騎乗する。

イオエの合図で飛竜は音もなく地面を蹴った。

無意識にカイルが小柄な少女を守るように姿勢を正すと、そのことに気が付いたのだろう、イオエは、ふふ、と小さく笑ってカイルに体重を預けた。

「お前の操縦で帰ろう。手綱(たづな)を預けるぞ」

「俺は構わないけど……シウは嫌じゃないのか？」

イオエのドラゴンはちら、とカイルを見て『んーん』と否定した。

『アル・ヴィースのよんばんめなら問題ないよ。仲良くしよう』

「そっか、ありがとな」

カイルはぽん、とシウの首筋を叩いてイオエから手綱を受け取ると、行く方向を伝える。

シウはカイルに従い、穏やかに飛んだ。

イオエは満足そうに微笑んで、カイルに問いかける。

「お前はドラゴンの扱いをよくわかっている。生まれた時からドラゴンの言葉がわかったのか？」

「多分」

「多分、とは？」

不思議そうな顔をしたイオエに、カイルは説明した。

「人間の里では、こんなにドラゴンは見かけないし、いたとしても貴族の屋敷だけだから。俺はドラゴンの声を聞く機会がさほどなかったんだ。七つかそこらの時に、街の男爵家で見たのが最初だな……」

確か、孤児院の皆で屋敷の雑用をしていた時のことだ。

何が気に入らなかったのか、カイルは男爵に妙に目をつけられてあれやこれやと命令され、叱られ……あまりいい思い出はないが、ドラゴンは可愛かった。

カイルはその屋敷に訪問して初めて「自分はドラゴンの言葉がわかる」と気付いたのだ。

イオエはそれを聞いて、納得したように頷いた。

「魔族の里でも、耳がいい者は少ないんだ。私のお気に入りのドラゴンたちを明日はいろいろ紹介してやろう！」

イオエは自分に構っていていいのだろうか？　と、カイルの脳裏をトールの横顔がよぎる。

だが、上機嫌な少女に水を差すのはやめておいた。

姉とは思えないほどの少女だが、初めて会う弟に気を遣ってくれるのが素直に嬉しいからだ。

カイルがそう思っていると、イオエはぽつりと言った。

「……お前は私が小さい理由を、聞かないんだな？　カイル」

「え？　いや、いけなかったかな」

カイルは呆けた声を出した。

魔族は人間とは年の取り方が違うから、さして疑問に思わなかったのだが。

カイルの問いに、イオエは笑った。

「いいや？　むしろ、嬉しい」

どういうことなんだろうか、とカイルは首をひねったが……なんとなく、聞きづらい。

キトラにあとでこっそり聞こうと考えながらカイルは兄の待つ城へ向かった。


「戻りが、遅い！」

シウに騎乗してカイルとイオエが城に戻ると、腕組みをしたキトラが待ち構えていた。

「遅くなって悪かった」

カイルは謝りながらシウから降り、イオエは口を尖(とが)らせる。

「怒るな、弟。お前がもったいぶって私とカイルを会わせないのが、いけない」

ぴょん、とイオエが飛びつくとキトラは彼女を抱き上げる。

「会わせると、今日のような勝手をすると確信していたからだ！　トールが拗(す)ねていたぞ」

「拗(す)ねさせておけ」

イオエがキトラの首に手を回して抱きついた。

銀色の髪に紅(あか)い瞳。

熟練の匠(たくみ)が丹精を込めて彫り上げた彫刻のように美しい姉弟(きょうだい)に、ため息が漏れそうになる。

二人のいる空間だけ、世界が違う。

感心しているカイルの隣で、カムイがほぅ……とため息を漏らした。

いつの間にそこにいたのか。カイルがぎょっとして身を引くと、カムイは恍惚(こうこつ)の表情で二人を眺めている。

……同じ感想を抱(いだ)いてしまったであろうことが嫌だな、などと失礼なことを考えていると、キトラが手招きしてきた。

「夕食をとろう。来い、カイル」

寝室と続きの部屋にはすでに馳走が準備されていた。

椅子はなく、豪奢(ごうしゃ)な毛織物が床に敷き詰められている。

香辛料が使われているらしい肉が切り分けられ、その周囲には、冬だというのに色とりどりの果実が添えてあった。炒めた野菜もある。

香ばしい匂いは食欲を刺激する。

カイルは街でいろいろと食べすぎたのを後悔しつつ、キトラに言われるままに彼の隣に座した。

カイルを挟んでイオエがキトラの反対側に座り、カイルの正面には客人のザジが陣取る。

「散歩は楽しかったか、カイル」

「……ええ、ザジ」

ふぅん、とザジは楽しそうに笑って、ちらりと隣の男を見た。

視線を向けられたトールは涼しい顔で杯(さかずき)を手にする。

「客人の来訪を祝して、女神に感謝を」

短く告げるとキトラが杯(さかずき)を掲(かか)げた。

「家族の帰還に感謝を……カイル」

口をつけた酒を、そのまま手渡される。

「半分飲んで、半分をイオエに渡せ。家族が戻ってきた時は火酒を分け合って飲む」

──家族、という言葉が面映(おもは)ゆい。

カイルは戸惑(とまど)ったが、言われた通りに半分飲んでイオエに手渡した。

「イオエは飲んでいいのか？」

「お前より年上だと言っただろう！」

年齢というより体格を気にしているのだが、イオエは心配するカイルから奪うように受け取った銀杯の中身を飲み干す。

「相変わらず豪快ですねえ」

カムイがのほほんと喜ぶ。

確かにイオエの外見に似合わない、いい飲みっぷりだった。

宴席にいるのはアル・ヴィース姉弟とカムイ、ザジ、ティズ。それからトールだ。

ティズとカムイが、食べ物や飲み物を運んでくれる。

悪いなと思ってカイルも立ち上がろうとしたが、ティズは優しげに微笑んだ。

「カイル様の歓迎の宴ですもの。今日はどうか座って、我らの食を堪能してくださいませ」

「ありがとうございます、ティズ」

感謝を伝えると、楚々とした美女は嬉しそうに表情を緩めた。

イオエがふん、とカイルの腹を小突く。

「さっき市場でさんざんつまみ食いをしたからなあ。ティズとキトラが用意したものを残すかもしれない……」

「まあ！　少し控えめにお出しすればよかったですね」

ティズがおろおろとしはじめて、申し訳なくなる。カイルは告げ口したイオエを恨みがましく見た。

「俺だけじゃなくて……イオエも食べていなかったか？」

「私は客じゃないもの。小食だし。お前は客のくせに料理を残したら不調法だぞ。ティズの料理は絶品なのに」

揶揄うイオエに、カイルは首を横に振った。

「ご馳走になるご恩は忘れません。食い倒れます」

きっぱりと宣言すると、ころころとティズは笑い声を立てた。

「言質をとったぞ。……ティズを落胆させぬよう、食え」

カイルの口元にキトラが肉を運び、イオエが空になった杯に次々に酒を注ぐ。

喉を通るたびにカッと熱くなるような強い酒だが、酸味が少なく、あとを引かない。

遠慮なく美酒をもらっていると、イオエが感心したように言う。

「いい飲みっぷりだな」

キトラも満足そうに問いかけてくる。

「カイルは酒が好きか？」

「好きですよ。弱くはないです」

「……酔わせて遊ぼうと思ったのに、つまらんな」

どんな遊びだそれは、とカイルは思った。

だが、抵抗せずにキトラの勧めるがまま、食事を口に運ぶ。

「食いっぷりもいいな、弟よ」

イオエがよしよしと髪の毛を撫でるので、カイルは戸惑いながらも答える。

「元々、結構食いますよ。身体が騎士の基本なので」

「よしよし、いい子だ。ちゃんと育て」

「……これ以上？　もう二十代後半なので育ちようがないですが」

カイルが言うと、イオエは笑って抱きついてきた。

この姉弟はやけに距離が近い。カムイの言うところの「お血筋ですかね」というやつなのか……

カイルが苦笑しながらイオエを眺めていると、キトラが尋ねる。

「イオエにどこを案内してもらった？」

「市場を。あと星祭の話を聞いた。死んだ大切な誰かを悼む祭りだって」

カイルがキトラを覗き込むと、彼は口角を上げた。

視界の端で、トールとティズの動きが一瞬止まる。

「まあ、そういう伝承だな。……その実、死者は戻らないが。派手に騒ぐ祭りだよ」

「ニルスだと、死者を悼む儀式はどうしてもしめやかになるから、興味深いです」

「カイル、お前が知りたい魔族の風習があるなら、明日も姉が講義をしてやる」

二人がカイルにじゃれているのを、正面に座っているザジがにこにこと眺めた。

「こうやって三人で歓談なさる姿を拝見すると、在りし日を思い出しますなあ。あの方の魂が星祭に合わせて戻られ、離れ離れのきょうだいを引き合わせた、とか？」

あの方、とはきっと長兄のことだろう。

ザジの言葉に、キトラとイオエが顔を見合わせた。イオエが、カイルの黒髪をつまむ。

「カイルの髪の毛は、兄上と少し触り心地が似ている。……兄上がいれば喜んだだろうな」

キトラはちろりと酒を舐めた。

「喜んだだろう。……だが死者は戻らぬ」

キトラの静かな声に、姉弟の間にしんみりとした空気が流れる。

ザジを黙って見つめていたトールが視線を動かし、アル・ヴィース姉弟を——いや、カイルを捉えた。

「死者が戻らぬとは、私の異能を否定するお言葉ですね、キトラ様」

「……お前の異能を疑うわけがない。だが……お前が呼ぶのは思念であって、魂自体ではないだろう？」

——思念、魂。トールの異能？

カイルが疑問符を頭上に飛ばしていると、ザジと目が合った。

彼は意味ありげにニヤリと笑い返す。

上機嫌なザジに気付いたらしく、カムイはやめなさい、とばかりに彼を肘でつつく。

カムイが咳払いをして、物憂げに沈黙しているティズを見た。話題を変えたかったらしい。

「星祭といえば、ティズの準備はもう完璧ですか？」

「ええ、カムイ。毎年のことで慣れていますもの」

ティズは気を取り直したように微笑んだ。カイルはどういうことだろうと、首を傾げる。

「カイル様、私は星祭で、魔族の始祖たる女神を祀る巫女なのです。毎年祈りを捧げるのですよ」

「明日は祭りのことをいろいろと教えてやる」

ティズの説明にカイルが納得していると、イオエが楽しそうに宣言する。

そう言われても、キトラからはなるべく部屋から出るなと指示されたのだが。

カイルが異母兄を見ると、彼は仕方ないなと肩をすくめた。

傍若無人な魔族の長も、姉には弱いらしい。

カイルは「そうするよ」と答えてイオエに微笑み返した。

ティズの巫女の役割もそうだが、トールの異能もなんなのか、気になる。

死者を蘇らせる……という意味合いのことを、キトラは言っていなかったか。

それから、ザジは何かを面白がる様子だった――

尋ねれば、誰かがこの疑問を解消してくれるだろうか。いや、慎重に探るべきだろうか。

和やかに流れる時間に目を細めつつも、カイルはそっと背筋を伸ばした。

ここは故郷だ。

そしてキトラもイオエもカイルを歓迎してくれている。

だが、己が何も知らない異邦人であることも同時に忘れてはならない――

カイルは火酒を呷り、胸をよぎった不安と疑問を腹の奥に流し込んだ。

宴は日が変わるまで続いた。

カイルはひたすら、飲み、食い、踊るカムイとイオエを囃し立てた。

さすがに酔いが回ったのか、イオエがうつらうつらとしはじめる。支えようとカイルが手を伸ばすと、トールがすっと少女の前に跪いた。

「イオエは私が部屋にお連れします」

「任せた」

キトラの了解を得て、トールは恭しく慣れた手つきでイオエを抱える。その後ろをティズが追いかけた。

婚約者と侍女の関係なのに、三人はまるで親子のように見える。

「じゃ、俺もそろそろ……おい、飲み直すぜ、駄犬」

「私が駄犬ならあなたは仔犬ですかねえ、ザジちゃん」

「……潰れてヒンヒン鳴くなよ」

「あなたがね」

獣人たちも挑発的なやり取りをしながら、自分たちの寝床へ向かう。

カムイは去り際に残った料理を手際よく空いた皿にまとめ直していて、その速さにカイルは感心してしまった。

皆がいなくなり、部屋にはカイルとキトラだけが残った。

キトラは微笑んでカイルを手招きする。

「今宵は満月……峰々の間に月明かりが差して綺麗だ。こっちへ来て、見ろ」

「……夜は静かですね」

カイルは言われるまま窓から顔を出した。

吐く息が白い。少し外気に触れただけでも指が凍りそうだ。

昼間はあんなににぎやかだった城下も、息をひそめている。

「冬の夜は、うかつに外に出れば命がない。扉を二重にして凍えないように、各家にこもる」

「なるほど。だから音も聞こえないのか」

カイルはキトラの話に頷いた。

魔族というのは強く、賢く、恐ろしい――人間とはまるで違う生き物だと教えられてきたし、カイルもそう思っていた。

だが、ここには確かに、営みがある。

そう思うと、妙な気分だ。

なんとも言えない感慨に耽っていると、キトラがぽつりと呟く。

「イェナ・ノシク」

「え？」

「この土地の名……月が休む場所という意味だ。夜を照らし、凍える民を案じる月が唯一休む場所――」

言いながらキトラが月を仰いだ。カイルも、無意識に言葉を漏らす。

「月も、疲れるんだろうか」

キトラの銀色の髪が月光を弾いて、零れる。

思わずそれを拾うように指を伸ばすと、悪戯めいた微笑みを浮かべたキトラに捕らえられた。

あっ、と思う間もなく、素早い動きで壁に押しつけられる。

いた。

氷のように冷たい指がカイルの顎を掴んで、唇の形を確かめるように左から右へゆっくりと動

揶揄う唇が額に押しつけられて、カイルの鼻梁をなぞり、離れる。

「我が弟はなかなか詩人だな？」

「放せってば……俺の兄貴は酒に酔うと、弟を襲う悪癖があるのか？」

カイルが睨むと、キトラはそれさえ楽しそうに受けて額に口づける。

「それも悪くないかもな。……お前は、可愛い。私を不必要に恐れないし、媚びもしない。月でさえ休む場所がある。それが私にもあってもいいだろう」

紅い瞳は蠱惑的だ。

それに惑わされぬように視線を逸らした隙に、ベッドに押し倒された。

乱暴に口を塞がれて息が苦しい。

「キトラ……ん、悪ふざけはそこまで、にっ。俺にはアルフレートがいるって、知っているだろ……んっ」

もがくとあっさり解放されて、カイルはけほっと空咳をした。

美貌の異母兄は、カイルの上に馬乗りになると目を細めた。

「お前が辺境伯領に帰るのは許可しない。危険だ。……そもそも、辺境伯にお前を託したのは、お前があの者がいないと嫌だと駄々をこねたからだ。あの者もお前を守ると誓ったからな。それを一度は信じてやったまで」

キトラの長い指が苛立ったようにカイルの心臓の上を叩く。

「……それを、愚かな政争に巻き込んで、お前を喪いかけるなど……許しがたい」

「キトラ」

異母兄の眉間にしわが寄る。

「あの者など忘れろ。ここにいればいい。私ならすべての危険をお前から遠ざけられる。食うものも着るものも何不自由なく用意してやる。仔竜が欲しければ巣に連れて行ってやる。里で一番美しい雛を選べばいい。私が名付けて調教して――」

カイルは黙ったまま、自分を押さえつけたまま滔々と喋り続けるキトラを見上げた。

手を伸ばして額にかかった銀色の髪を耳にかけてやる。

「そうやって、あんたは俺に全部与えて……俺が自分で手にしてきたものを、すべて奪うのか？」

カイルが静かに聞くと、キトラは動きを止めた。

「俺が手にしているものは、あなたから見ればちっぽけなものかもしれない。けれど……取り上げないでほしい。少しでもあんたが俺を大事に思ってくれるのならば」

思いもしなかった反論だったのだろう、キトラの手から力が抜ける。

「キトラ……兄さん」

口にすると、ぴくり、とキトラが眉を動かした。

「俺は、子供ではないよ。道を敷いてもらう必要はない。勿論、兄さんが助けてくれるのはありがたいけど」

「……たかだが、三十年も生きていないくせに。赤子と同じだ」

魔族らしい言い分に、カイルは苦笑した。

それから拗ねたようなキトラの頬を撫でて、懇願した。

「……ええと、とりあえず俺の腹の上からどいてくれると嬉しい」

「兄弟の触れ合いだろう、拒むな！」

キトラがむっとしながら体重をかけてくる。

絶対に距離が近すぎるだろう！　と心の中で反論しつつ、カイルは口元を押さえた。

「いや、単純に食いすぎて苦しい……吐くかも。う……」

「……な！」

キトラがぎょっとして飛びのく。

「飲みすぎたし、食べすぎた。あんたもイオエも俺になんでも食わせるから……太りそうだ」

キトラが呆れ顔でカイルの横に座り直した。

「街でつまみ食いをするからだ！　まったく……イオエの奴……」

「楽しかったよ」

二人で広々としたベッドに寝転がり、カイルは気になっていたことを尋ねた。

「イオエは……どうして、子供の姿なんだ？」

キトラはカイルと並んで寝そべりながら、カイルの髪を梳く。

「姉はな、アル・ヴィースの中で最も魔力を持っている。イオエが望めばすべての竜が彼女に従うし、空の神でさえ彼女の意のままだ。……その代償として、イオエは子供の姿のまま、大きくならない」

カイルは目を見張った。動揺をぐっと呑み込み、問いを重ねる。

「……それなのに、トールと婚約を？」

「トールはアル・ヴィースの一門で、元は兄の腹心の部下だ。彼らは生まれた時から許嫁なんだ。年が近いからな」

アル・ヴィースの長兄は、横暴だった父王と争って落命した、と聞いた。

カイルが頷くと、キトラは再び口を開く。

「トールは兄が亡くなったあとは、蟄居していた。他の主に仕える気はない、とな。それを彼の才が惜しくて引っ張り出してきたのは、私だ」

好き合っているようには見えないイオエとトールだが、幼馴染で気心は知れている。

幼い頃の約束だし、しばらくトールを表舞台に縛りつけるためにイオエは婚姻するのだ、という。

そこまで告げたあと、キトラはため息をついた。

「もっとも、十年くらい経てば離縁すると、イオエは言っているが」

「えっ」

カイルが驚くと、キトラは手を振った。

「我らは、人間ほど強固な婚姻をしない。合意すれば婚姻を簡単に解消して、またやり直す。魔族の王を選ぶのも、必ずしも直系である必要はない。アル・ヴィースの一族の中から選べば、それでいい」

「だからキトラにはまだ奥方がいないのか？」

「欲しくもないがな。まあ、そんなところだ。私の次代は従弟やその息子の誰かのうち、私が推挙する者が継ぐ」

「人間とはいろいろと違うんだな」

「そうだとも。だが、家族を愛する心に変わりはない」

カイルが感心していると、キトラは顔を寄せてきて、額に口づけた。

先ほどのような、誘うようなものではない。親が子供にするような親愛の情を表すものだ。

「……お前を閉じ込めるのは諦めてやる。今はな。だが、辺境伯を許したわけではないぞ。せめてお前を迎えに来て跪いて、千回頭を下げるまでは返してやらん」

そんな子供みたいな、とカイルは呆れた。

「アルフも忙しいから、さすがに迎えには来ないと思うけど」

「どうだかな？　あいつの執着心の深さは油断ならん……」

「それならなおさら、戻らないと。……あれで危なっかしいところがあるんだ。あの人も」

ふん、とキトラは鼻を鳴らした。

「弟よ。お前に命じることがある」

「ええと、はい」

カイルはベッドの上に座り直して、姿勢を正した。

「明日はイオエに付き合って、ここのことを学べ。せめて星祭の間はここにいて、お前の故郷の風習を知るのだ。……兄の御霊が戻ってくるのを共に出迎えよ。いいな？」

「そういうことならば、喜んで。兄さん」

カイルが頷くと、キトラはふん、と笑い、もう一度カイルの額に口づけて抱きしめた。

「その呼び方は、悪くない。気に入った」

家族との戯れに心地よさを覚える。

と同時にアルフレートの腕の感触と違うことに戸惑い、そのことに密かに苦笑する。

——離れて十日も経っていないのに、もうアルフレートのことが恋しくて仕方がなかった。

◆

『アルフレート、カイルを迎えに行くの？』

『ねえ、カイルは無事？』

竜厩舎に繋がれていたニニギとヒロイが、旅装のアルフレートを見つけて騒いだ。

カイルが雪山に置き去りにされて数日。ドラゴンたちは怒っていた。

雪山に向かった同胞から、オーティスたちがカイルにした仕打ちを聞いたからだ。

そもそも、ヒロイやニニギはオーティスとかいう名前の、いつもツンとした嫌なにおいのする男が嫌いなのだ。あいつはカイルとは全然違う。

ドラゴンの言葉を理解する『耳のいい』人間は少ない。カイルはドラゴンと人間たちの橋渡し役であるし、同時に彼の声や手はとても心地よい。撫でられるだけでうっとりと優しい気分になれるのだ。

……それなのに、カイルを敵視して置き去りにするなんて！

カイルへの意地悪を知ってから、ドラゴンたちは人間相手に強硬手段に出ている。つまり、人間たちが何を命じても皆で『知らんぷり』である。

騎士たちはヒロイたちが竜厩舎から出てこない原因がわからずに困り果て、怒ったりなだめたりと忙しいらしいが、知ったことではない。

『アルフ、アルフ、俺、カイルを捜しに行くよ！　アルフも行くでしょ？』

ヒロイは旅装のアルフレートに鼻先を寄せて尋ねる。

カイルがいれば言葉を通訳してくれるのですっかり話せるつもりになるのだが、残念ながらヒロイの相棒であるアルフレートはドラゴンの言葉がわからない。

アルフレートの喋る『ニンゲンことば』も、ヒロイには少しだけしかわからない。

しかし、アルフレートが「カイル」と口にしたのはわかったのでヒロイはぴょん、と耳を立てた。

アルフレートはカイルが大好きだ。

カイルがいなくなったらきっと毎日、おじいさんになるまでめそめそ泣いて過ごすだろう。

カイルとアルフレートが離れて過ごしていた時期も、アルフレートは寂しそうだったし、いつも疲れていた。

そんなことにならないために、二人は一緒にいなくてはならない……

ここはヒロイが一肌脱いで、カイルを捜しに行かなくては！

フンス、とヒロイは鼻息荒く立ち上がった。

◆

ヒロイを竜厩舎から引き出したアルフレートは、相棒に「カイルを捜しに行くぞ」と短く告げた。

生憎（あいにく）ヒロイに言葉は通じないのだが、カイルという名前に反応したところを見ると、意図は伝わったのだろう。

アルフレートはさて、と背後にいる青年を振り返った。

金色の髪をさらりと風になびかせた天使のような風貌（そうぼう）の青年は、ユアンの相棒であるニニギをよしよしと撫でて、微笑ましく友好を深めていた。

キースは女性に人気があるが、果たしてその可憐（かれん）さはドラゴンにも有効なのだろうか、と埒（らち）のないことを考える。

そして、彼もアルフレートと同じく旅装だ。

「キース神官」

「はい、いかがいたしました？　閣下」

にこりと微笑まれて反射的に身構えてしまう。

非常によくないが、長年すり込まれた苦手意識が先に出るのだ。

苦手意識というか、しょうもない対抗心というか。

アルフレートは情けない思考を頭の隅に追いやり、キースに声をかける。

「私に同行するという君の申し出には感謝するが、神殿での仕事はいいのか。私は一人でカイルを迎えに行っても構わない」

お言葉ですが、とキースは笑顔を絶やさずに続けた。

「私のような若輩が不在でも、神殿は回りますよ。私はまあ、ただの下っ端で、代えが利きますからね。閣下はそうではないでしょう？　あの馬鹿一人を連れて帰るくらい、俺だけでもわけないですよ。それこそ、本当にベッドでゆっくり休んで吉報を待っていてはいかがですか？」

家で大人しくおねんねしてやがれ。

という幻聴が聞こえた気がするが、アルフレートは、ぐっと耐えた。

「……我が一門の争いからカイルを守れなかったのは、私の咎だ。私が行くべきだ」

「へえ！　自覚はあったんっすね」

アルフレートにキースはそっけなく言った。返す言葉もない。

そんな二人を、ヒトの姿に戻ったバシクが見比べた。

「……興味本位で聞くけど、あんたらあのアル・ヴィースの弟の、何？」

キースは簡潔に「家族」と答え、アルフレートは「恋人だ」と答えた。

伴侶だと言いたいが、アルフレートはその呼称を使う許可をいまだにカイルからもらえていない。

「へーえ……辺境伯の恋人ね」

バシクは感心したように呟く。

「なるほど。だからカムイの奴がカイルを家に帰したがっていたわけか」

「カムイって、あの怪しい奴？」

キースの問いに、バシクは首を縦に振る。

「そうだよ、神官殿。あのいかれたヘラヘラ野郎。にやけ面だけど損得計算ができる奴だからさあ、魔族の長が辺境伯の恋人を拉致したらさすがにまずいと思ったんじゃないの」

ニルス王国と魔族たちは半年ほど前にようやく和睦を結んだばかりだ。亀裂が入ってはまずい。

アルフレートも納得しながら聞いていると、バシクは苦笑して再び口を開いた。

「キトラ様はカイルに執着しているみたいだから、やすやすと返してくれるかはわかんないけどね。頑張って取り返しなよ。ほら熊もさあ、一度狙った獲物は逃がさないじゃん？　あれと同じ」

ひらひらと手を振るバシクに、アルフレートはぽかんとした。

「……くま……。確かに凶暴さでは負けないな」

「爪も鋭利っすもんね」

本人が聞けば激怒しそうな評価をしつつ、アルフレートとキースは顔を見合わせた。

彼は魔族ではあるが、キトラ直属の部下というわけではないらしく、あくまで第三者の姿勢を崩さないようだ。

アルフレートがバシクを面白い少年だなと評価していると、少年は二人を見つめた。

「魔族の里への道中、神官とか閣下って呼ぶのはまずいだろうな……俺はあんたたちをなんて呼べばいい？」

「キースでいいぜ、バシク」

「承知」

キースに頷いたバシクに「あんたは？」と問われて、アルフレートは肩をすくめた。

「アルでいい」

アルフレートという名前は珍しくはないが、紅い髪に蒼い目という珍しい組み合わせが加われば、辺境伯と結びつける者もいるだろう。偽名を使ったほうが何かと面倒がなさそうだ。

「わかった、じゃあ、アル。よろしくな」

「アル、よろしくなー」

バシクのあとにちゃっかり復唱した金髪の青年を、アルフレートは半眼で睨む。

「……君まで呼ぶ必要はないと思うが」

キースは親しげにアルフレートの肩に腕を回した。

「あれ？　じゃあアルフって呼んだほうがいい？」

「アルで結構」

アルフレートはチッと舌打ちをした。

カイルが呼んでくれる愛称でキースに呼ばれるのは、ぞっとしない。

三人のやりとりを少し離れていたところから眺めていたユアンがぼそりと呟く。

「この面子で大丈夫かな」

そこにはアルフレートも一抹の不安があるのだが、部下の呟きは無視することにした。

「さ、行くぞ！」

何故か仕切りはじめたキースに、アルフレートは従うことにした。

「なあ、アル」

「……なんだ」

バシクに呼ばれたので、返事をする。

「あの神官もあんたの恋敵？　普通、神官が危険を冒して魔族の里まで来ないだろう。言っちゃなんだけど、魔族って人間の宗教関係者のこと、すごく嫌いだぜ。悪いけど揉め事があったら俺は見捨てて逃げるからな」

アルフレートはため息を一つ落とした。

「そのほうがよかった。彼が抱くのが恋情じゃないから――厄介なんだ」

第三章　闖入者

カイルが魔族の里にやってきて、気付けば十数日が経過した。

宴の翌日から、カイルはイオエに連れられて様々なところを探検することになった。

イオエは何にでも驚いて話を真面目に聞くカイルが面白いらしく、たいがいは上機嫌だ。

「つまみ食いはいけませんよ」

と、ティズが作ってくれた昼食の包みを籐の籠に入れて持ち歩く。

一応は護衛が必要だからと、カムイが影の中に潜んでついてきていた。

「ティズの料理は美味い！　期待しろよ、弟。それと、今度機会があればティズに薬草茶を煎じてもらえ。寝る前に飲むと、心地よい夢に浸れる」

イオエに言われて、カイルは微笑んだ。

ティズは薬草に詳しく、イオエやキトラに許されて城の一角に花壇兼薬草園を作っているらしい。

キトラの部下というよりも、侍女のようにイオエに仕えているようだ。

嬉しそうにティズのことを話すイオエを、カイルは優しい眼差しで見る。

「イオエは、ティズのことを、信頼しているんだな」

「アル・ヴィースの一族ではないが……私にとってティズは、親戚のような者だ」

はにかむ腹違いの姉に、カイルはなんだか微笑ましい気分になった。

その日、イオエはシウに乗って、魔族の里を囲む高い峰の合間にカイルを連れて来てくれた。竜の巣を見せてくれるのだという。

竜の巣は見たことがない。胸を躍らせるカイルに、イオエが尋ねる。

「人間の里でドラゴンが子供を産むことは少ないと聞いた」

「魔族の里からドラゴンを譲ってもらうか、南から輸入するかがほとんどかな……人間の国にいるドラゴンが卵を産まないわけじゃないが、雛が孵らないことが多いんだ」

「飛竜ならばこの山。南の砂竜ならば南国。ドラゴンは神の眷属だから、魂は神のおわす場所に漂う。だから生まれる場所を選ぶ……と言われている。魔族の神話だな」

「へえ」

初めて聞く話が興味深くて頷くと、イオエは続ける。

「星祭の時期に生まれるドラゴンは、魔族の生まれ変わりだ。だから、いいドラゴンに育つ。これも伝承だがな。――私の友達が卵を産んだんだ。祝いに行くぞ」

シウは岩と岩の間に降り立った。それに気付いた何頭ものドラゴンが、頭上を威嚇音を鳴らしながら飛ぶ。

卵がある場所へのよそ者の来訪は、やはり警戒されるものらしい。

『イオエ！　それは誰だ……人のにおいだ！』

『よそものの、においだ！　見ない顔！』

ドラゴンはカイルを見て騒ぎ始めた。

来てよかったのかなと思いながら、カイルは両手を挙げて敵意がないことを示す。イオエは構わず手を振った。

「私の弟だ、問題ない。アスに会わせてほしい。雛が生まれたと聞いた」

警戒して頭上を飛んでいたドラゴンのうちの一頭が、ばささと羽音でカイルを威嚇しながら舞い降りる。このドラゴンがアスらしい。

『人間？　アル・ヴィース？　変なにおいがする』

クンクン、とにおいを嗅(か)がれて、カイルは固まった。

尖(とが)った牙(きば)が生(は)えそろった大きな口をぱくりと目の前で開けられて、さすがに怯(ひる)む。

「俺はカイル・トゥーリ。人間だ。……君たちのねぐらに邪魔してごめん。すぐ帰るから」

アスはカチカチと歯を鳴らしながら唸(うな)っている。だがイオエが連れてきた客だからか、カイルを攻撃しようとはしない。

『かいる！　……おみみが丸いよ』

「ああ、半分人間なんだ。だから……」

『半分はアル・ヴィース？　ほんとだ、混ざったにおい……でも、目は紅(あか)い……』

「今日は挨拶(あいさつ)に来ただけだし、君たちが嫌なら帰るよ」

アスはどうしようかな、とばかりに首を何度も左右に傾げ、キュイキュイと鳴く。

そして舞い降りてきた他の二頭を招くと円陣を組んで、コソコソ相談し始めた。

『アス、そいつはだあれ？』

『カイル・トゥーリだって。俺、知っているよ。トゥーリって捨てられた子供たちにつけられる名前なんだ。そうなの？』

「そうだよ、よく知っているな」

ちらりと視線を向けて確認してくるアスにカイルが感心すると、アスは胸を張った。

『俺は賢いんだ！　昔、キトラが教えてくれたんだよ』

『俺たちの話がわかる！　耳がいい子だよ。アル・ヴィースと人間のにおいが混じっている』

『シウが言うにはアル・ヴィースのよんばんめだって……どうしよう』

イオエがその円に交じった。

「なんだ、お前たち。私の弟をのけ者にするのか？」

『えー、だって初めて会うもん……いきなりお話しするのは、はずかしいよう』

『だけどイオエのおとうとなら、友達にしてあげる……？』

『どうしよっか……』

チラチラと三頭のドラゴンが振り返るので、カイルは頬が緩みそうになった。

北山の飛竜たちは、辺境伯領にいるドラゴンよりも一回り大きいのに、性格は素朴で可愛らしい。

三頭とイオエが相談していると、奥の岩壁の間から鳴き声が聞こえてきた。

『シュニヤだ！』

『呼んでいるよ』

ドラゴンたちが騒ぎ出す。

「シュニヤ？」

カイルの呟きをイオエが拾った。

「この山で一番強い竜で、私の友達だ」

そう言うと、イオエは自分の喉に手を当て、笛のような高い音を出す。すると同じ音がこだまのように返ってきた。

「私とシュニヤの合い言葉なんだ。……来ていいってさ。おいで、カイル」

ドラゴンたちは顔を見合わせた。

『シュニヤがいいって言うなら、仕方ないね』

『カイル、俺が連れて行ってあげる』

「ありがとう」

アスが申し出てくれたので、カイルは彼に騎乗しようとしたのだが……アスはむんず、と前足でカイルを掴み、そのまま地を蹴った。

「……ちょ、おいっ」

獲物をとった鷹のごとく捕まえられて、カイルは蒼褪める。

連れて行くというより、これは荷物として運ぶ、だ。足がぶらぶらして非常に怖い。

ひょっとしてこれがこのドラゴンたちの人の乗せ方なのだろうか。

そう思ったカイルの眼前を、イオエが悠々とドラゴンに騎乗して過ぎ去っていく。

イオエはカイルの運ばれ方を見ると、おかしそうに笑った。

「……扱いの差がひどくないか……」

洞窟に到着するとぽいっと投げられ、カイルは慌てて受け身をとる。

ドラゴンたちが『上手、上手』と囃し立て、イオエは軽やかにドラゴンの背から飛び降りた。

『乱暴な乗せ方ですね、アス……』

洞窟の奥から、笑う声がする。

カイルはその声のするほうに視線をやった。

暗い洞窟でも視界が遮られないのは……あたり一面にヒカリゴケが生えているからだ。

洞窟の奥は広い洞になっているらしい。

『初めまして、アル・ヴィースの四番目』

円形にひらけた場所で悠然と座り、カイルを見下していたのは、美しいドラゴンだった。

黄金色に輝く鱗に、金色の瞳。

親しみやすさではなく、神々しさを感じる。

『よく来ましたね』

「初めまして、シュニヤ。俺は……いえ、私はカイル・トゥーリといいます」

『あなたがここに来たのは、見ていました』

「見て……」

カイルがキョトン、としているとイオエが説明してくれる。

「シュニヤは目がいい。里のことならばすべて見える」

「……すべて？」

「そうだ。この里の中で一番大きいし、一番強い……それに、長生きなんだ」

「長生き。魔族よりも？」

魔族の寿命は二百年あまり、ドラゴンは二百年から三百年ほどだと言われている。

イオエはカイルの問いに頷いた。

「シュニヤは滅びた黄金竜の末裔だから、五百年くらいはここにいる」

「黄金竜……」

神話に出てくる種族の名前を聞いて、カイルは瞬きをした。

神殿で神と一緒に描かれる伝説上の生き物だ。そんな竜が今も生きていたとは……

カイルは畏敬の念を持ってシュニヤを見上げた。シュニヤは穏やかに笑う。

『ふふ、単に大きくて長生きなだけ。イオエ、私の卵を見に来たのでしょう？』

「うん」

シュニヤはイオエが近づくと、そっと身体をずらした。そして敷き詰められた枯れ草の上に産んだ卵を彼女に見せる。

白い、赤ん坊の頭ほどはありそうな卵が、仲良く二つ並んでいる。

「二つも！　楽しみだな。きっと可愛い綺麗な子が生まれるだろう」

『本当は三つ、ありました……それなのに』

パアッと表情を明るくしたイオエとは対照的に、シュニヤの声は暗い。シュニヤによると、彼女がほんの数分移動した隙に、不届き者が卵を一つ盗んでいったのだという。

カイルは複雑な顔をする。それで、ドラゴンたちが警戒していたわけだ。

シュニヤは気を取り直すようにイオエに話しかける。

『イオエ、あなたが名づけ親になる約束ですよ』

「いい名前を考えなくちゃ。ほら、カイル。見に来い」

カイルもおそるおそる近づいた。

飛竜たちは卵をほとんど胎の中で育てて、ある程度育ってから産み落とす。飛竜の雛が孵るまでは数日程度だが、黄金竜は三ヶ月は卵を守らないとだめなのだ、とイオエが教えてくれた。

「黄金竜は、元々大陸のずっと東に棲息していたんだ。黄金竜の卵を食べると、寿命が十年延びる」

「そんな効能が？」

カイルが驚いて尋ねると、イオエは悲しげに首を横に振る。

「……という偽りの言葉を信じた人間の国の王がいた。そのせいで、たくさん卵が狩られた。だから黄金竜は今、東の端の山に僅かと……逃げ延びてきたシュニヤしかいない」

カイルは沈痛な面持ちで、背後で悲しげにキュイキュイと鳴き始めたドラゴンたちを見た。

「それに、黄金竜の卵を捧げれば死者を生き返らせることができるという言い伝えもあるしな」

「本当なのか？」

「さあ、なあ。シュニヤが卵を産むのは百年ぶりだし、そんな恐れ知らずなことを試す奴は、この里にはいない。魔族はドラゴンを敬愛しているし……人間とはそこが違うのだと思う」

カイルの問いに、イオエは厳しい声で答えた。

確かに人はドラゴンを家畜のように扱っているから、不届きなことを考える者は多いだろう。

――そういうことがあったなら、ドラゴンが人間を警戒するのは当然だ。

「悪いことをした……」

カイルが言うと、黄金竜は笑うように喉を鳴らし、カイルの頬をそっと舐めた。

『優しい子。私たちの里を滅ぼしたのは、あなたと同じ種族であっても、あなたではないのですよ。心を痛めないで。けれど……』

シュニヤは目を細めて遠くを見た。

『懐かしい。ハヤテもそんな風に私を憐れんで、よく遊びに来てくれました』

聞きなれない名前にカイルがイオエを見ると、彼女は僅かに俯いた。

「亡くなった兄の名前だ。……お前が生まれて数年経った頃かな。暴虐の限りを尽くしていた父に叛旗を翻して、ハヤテは父を討った。……けれど、その時の傷が深くて、亡くなったのだ」

「……そうか」

そのことはキトラから聞いていて知っていたが、やはりカイルの胸は痛む。

慕っていた兄を悼むように、イオエは優しい声音で続ける。

「トールとティズはハヤテに近しい者だった。……腹心の部下だったトールは、あの頃から人が変わってしまった。昔からお堅い奴だったけど、あんなに笑わない奴じゃなかったんだ。……お前への当たりもきついだろう？　悪いな」

カイルは首を横に振った。

「よそ者を警戒するのは、王の腹心として正しい行動だと俺は思うよ、イオエ」

カイルが答えると、イオエは表情を緩めた。

「……ん。ハヤテ兄上とお前を会わせてやりたかったな。愛情深くて、強いのに、魔族には珍しいくらい温厚な人だったから。きっとカイルとも気が合ったはずだ」

「キトラも、そう言っていた」

「人間の国でお前はたくさん、辛い目に遭ったんだとキトラに聞いた。小さいお前がいた場所を知っていたらなあ……。私が攫って、さんざん甘やかしてやったのに。……気付いてやれなくて、ごめんな、カイル」

カイルはイオエの真正面に跪き、自分よりずっと小柄な姉を見上げた。

「俺は、孤児だったけど、親切な神官に拾われたし、兄弟みたいな奴がずっと一緒にいて寂しくなかった……大切な人もいる。だから少しも不幸じゃなかったよ。それに、異能があったおかげで飛龍騎士団に入れたし、キトラやイオエに会えた。すごく嬉しい」

イオエがほっとしたように、肩の力を抜く。

「……ほんとうに？」

「ああ。ずっと幸せだった」

イオエの顔がくしゃりと歪んだ。

「ならよかった」

シュニヤは姉弟のやりとりを微笑ましく見守って、カイルの額に己の鼻先をつけた。

『星祭にハヤテの魂が帰ってくるといいですね。あなたたちに会えたら彼も喜ぶ』

「ん。その頃には雛が孵るかな」

『そうですね、星祭の日に生まれたらいいけれど』

シュニヤは愛しそうに二つの卵を見つめる。

カイルは優しい目をした黄金竜を見上げた。

「死んだ人の魂が戻ってくることなんて本当にあるんですか？」

黄金竜はゆっくり目を閉じて、また開く。

『一度だけ……竜の巫女の中に死んだ人間が戻ってきたのを見たことがあります。その魂は祭りが終わるとともに根の国へ還ってしまいましたが……』

竜の巫女はティズが務める役だ。ドラゴンは穏やかに続けた。

『人も、魔族も、その魂には洞が空いています』

「うろ？」

『そう。ぽっかりと空いた、穴。その洞を満たすために、誰かを愛するの。埋められずに、他の者の悪しき魂を宿すこともある……けれど』

シュニヤは厳かに言った。

『誰かを愛することで満たされるはずですよ』

神託のような言葉に、カイルは頷いた。

それから——紅い焔のような髪の男を思う。

カイルの寂しい魂を満たすのが誰かと言われたら、それはアルフレートしかいない。

彼に聞いても、そう答えてくれる……と思う。

なんだか柄にもなく感傷的なことを考えてしまった。

カイルは勝手に赤面して、咳払いをした。離れて数日しか経っていないけれど、すでにアルフレートに会いたくてたまらない。

そんなカイルを置いて、イオエとシュニヤは穏やかに近況などを話している。

「イオエ様とシュニヤ様は、とぉっても仲がいいんですよお」

突如として背後からした声に、カイルはぎょっとして振り向いた。

長い黒髪の魔族がヘラヘラと笑っている。

「……カムイさん。ほんっとうに、気配を消していきなり出てくるのやめてくれませんか！　心臓に悪い」

カムイは影に潜んで、イオエとカイルを護衛してくれているのだが……いちいち、出現方法が不気味なのだ。

「あはは、気を付けます。隠密行動がやめられなくて」

それにしても、影に潜める異能とは変わっている。カイルはカムイに質問した。

「獣人族は皆、影を渡れるんですか？」

「まさか！　私の祖母がアル・ヴィースに連なる家の出身で、影を操る能力を持っていましてね。その先祖返りです。アル・ヴィースと獣人族の結婚は……実はあんまり喜ばれないので、私もちょっぴり外れ者なんです。カイル様と同じですね」

そう微笑むのを見て、カイルはそうだったのかと頷く。

カムイが最初からカイルに友好的なのは、そういう事情があったからかもしれない。

「俺は人間でも魔族でもない……みたいな気分になることがあるんですが、カムイさんもそういうことを感じるんですか？」

「さー、どっちの特性ももらえて幸運だなあとは、思ったりしますけどねえ」

へらへらとカムイが笑う。

底の見えない人だが、なんだか慣れてしまった。カイルはそうですね、と同意した。

『アル・ヴィースの四番目。カイル』

イオエと話し込んでいたシュニヤに突然呼ばれ、カイルは慌てて返事をする。

「はい」

『あなたの魂は特殊な形をしていますね。……ドラゴンの魂とも形が似ている』

カイルは反射的に自分の手を見たが、勿論魂の形などわかるはずもない。

シュニヤはカイルの額に再び鼻先を寄せた。

『魂の形が似ているからこそ、あなたは私たちドラゴンに意識を乗せることができるのでしょうね』

……カイルは思わず黄金竜を見つめ返した。どうしてカイルの能力を知っているのか。

カイルの異能は、ドラゴンの言葉を理解するだけではない。ドラゴンの意識に干渉し、その身体を借りることもできるのだ。

「私は何もばらしていないぞ」

イオエはそう言う。ということは、シュニヤにはカイルの異能がわかってしまうのだろう。

驚いているカイルに、シュニヤは続けた。

『けれど、過去に無理をして、あなたの魂は傷ついています』

「……キトラにも、意識をドラゴンに同調させるのは、二度とやるな、と警告されました」

シュニヤはゆっくりと片方の翼を広げて、カイルの背中を覆った。

「……シュニヤ？」

心臓の裏のあたりが、じんわりとあたたかくなる。温石を抱いたかのような、もしくは背中に押し当てられたかのような不思議な感触が、心臓の裏から全身に広がっていく。

違和感はあるが、決して不快な感覚ではない。

シュニヤが翼を元に戻すと、熱はゆっくりと引いていく。

『少しは、心地よいですか？　アル・ヴィースの四番目。我々に近い魂を持つ者』

ええと、とカイルは言葉を探した。心地よくてぼうっとする。

「なんだか風呂上がりみたいな……気分です」

「他に言葉はないのか！」

イオエが呆れているので、非常に申し訳なくなる。

だがシュニヤは気分を悪くするどころか、むしろ面白がっているようだった。

『アル・ヴィースに祝福を。私の友人、キトラとイオエの弟の来訪を私は歓迎します。――出会いの贈り物として、あなたの魂の傷を癒しました。けれど、今後もその異能を無理に使わないように。危険なことには変わりないですからね……』

「はい」

『あなたが乗せることができる魂(たましい)は、一つだけ。……そのことを覚えておいて。ひょっとしたら近い将来、あなたを助けるかもしれませんから』

シュニヤの言葉は予言めいている。カイルはよくわからないまま頷いた。

背後でじっと成り行きを見守っていたドラゴンたちは、キュイキュイと歓声をあげている。

『すごい』

『シュニヤが祝福したよ！　ニンゲンなのに』

『人間じゃないよ、半分ニンゲンだけど、アル・ヴィースだもん』

カイルが困惑していると、カムイが「あとで教えてあげます」と言った。

よくわからないが……ドラゴンのカイルを見る目が、獲物としてから何やら尊敬の念に変化している。すごいことらしい……多分。

「ありがとうございます、シュニヤ」

『あなたが喜んでくれたならばよかった』

シュニヤは穏やかに言ってから、首を上げて鋭(するど)い視線で洞窟(どうくつ)の向こうを見た。

「どうした、シュニヤ？」

イオエの問いに、高く、低く、シュニヤが鳴く。

金色の瞳が、銀に、黒に、赤にと、次々に色を変化させていく。

彼女が何かを警戒しているのは明らかだった。

『里の結界を、印（しるし）を持たない人間が越えてきました。私の知らないドラゴンと共に」

イオエの眉間にしわが寄る。

「里に出入りする人間には、我らの印（しるし）を持たせているはずだ」

アル・ヴィースの里に出入りする人間には、許可証が必要なのだそうだ。カイルの紋章のような。

それがないと、不法侵入者として捕らえられるらしい。

「人間が、たまにドラゴンを狩りに来るんだ。今回も、そうかもしれない」

イオエは、厳しい表情でカイルを見た。

「不届き者を捕らえに行くぞ、弟」

「わかった。俺も行くよ、イオエ」

いきりたつ姉弟（きょうだい）に、カムイも「私もお供しますよう」と賑（にぎ）やかに告げた。

それから、ふと動きを止めて、首をひねる。

「あれっ……なんだろう。なぁんか、忘れている気がするんですけど……まあ、いっか」

カムイはそう言って、洞窟（どうくつ）の外に向かうイオエのあとを追った。カイルもそれについていく。

アル・ヴィースの姉弟（きょうだい）と従者は、再びドラゴンに騎乗して、闖入者（ちんにゅうしゃ）のもとへと急いだ。

イオエの帰還を出迎えたのはトールだった。

ザジも彼の背後に控えている。どうやらザジはイオエのただならぬ様子に興味をそそられたらしく、成り行きを見守っているようだ。

部屋に入るなり、イオエは不機嫌に言い放つ。

「侵入者は、ドラゴンで我らの領地に入ったらしい。迷いなくこの城に来るとは、内通者がいたとしか、思えないっ……！」

「許可を得ない者がこの谷に来ることはあるんですか？」

「東の国の商人たちは自由に出入りしている。だが、この里まで来るのは、よほど信頼のおける者だけだ」

イオエは険しい表情を緩めずに、カイルに答える。

そして彼女は事の次第を皆に話す。トールは眉間にしわを寄せ、親指の爪を噛んだ。

「……星祭の近い時期に、余所者が侵入するなど。不届きですね」

「シュニヤの卵が目的かもしれない。トール、行って捕らえられるか？」

イオエの命に、トールは目を伏せた。

「御意。侵入者が抵抗した場合、生死を問わずともよいですか、イオエ」

イオエは頷こうとしたが……カイルの視線に気付いたのか怒気をおさめた。

「……星祭の時期に、殺生はふさわしくない。それに……人間が、たまたま迷い込んだのかもしれないし……」

トールはゆっくりと顔を上げた。

「迷い込む、ですか？　この場所に限って、そのようなことがあるわけがない。人間が、ここがどんな場所か知らぬわけがないでしょう？　あなたの言葉とも思えぬ生ぬるいことをおっしゃるのですね」

確かに、大陸の人間であるならば、最北にある高い峰が魔族の住む場所であることは、畏怖と共に幼子でも知っていることだ。

自分でも愚かしい言葉だと思ったのだろう。イオエは唇を引き結んだ。

「……ならぬものは、ならぬ。生け捕りにしろ。私が話を聞く」

二人の視線が絡み合ったのは、ほんの一瞬。折れたのはトールだった。

「……御意。ティズを連れて行きます。彼女ならばヒトの気配も探れるでしょうから」

トールはカイルの傍を通り過ぎていく。

彼は不自然なほど、カイルのいる方向には視線を向けなかった。

トールの背中を見送っていると、イオエは頭を振る。

「カイル、私は少し休む。今日は、カムイにいろいろと案内してもらえ……カムイ」

「はい」

「トールが侵入者を捕らえたら、私に報せるように。いいな？」

「御意」

カムイはイオエの命を受けて、軽く礼をする。

カイルはイオエ、と名前を呼ぼうとしたが、姉は目を逸らして去っていった。カムイは何か確認することがあったらしく、トールを追いかけていく……

「らしくねえなあ」

「ザジ」

カイルは横に並んできた獣人の名を呼んだ。

彼はカイルの肩に肘（ひじ）をのせ、この部屋を去ったトールとイオエの背中をニヤニヤと順番に眺めた。

「なあ、カイル。トールの奴ってば、お前を嫌っているだろ？」

「……そんな感じはする」

キトラとイオエの感情を慮（おもんぱか）ってか、あからさまに悪意を向けられたことは一度としてない。

ただ、必要以上に視界に入らないようにされているのは肌で感じる。

「理由がわかるか？」

ザジはあくまでも面白そうに尋ねた。

「……俺が、雑種だからなんじゃないか？」

カイルの言葉に、ザジがくつくつと笑う。

「当たり……だけど大外れ、だな」

「どういう意味だ？」

カイルが問うと、ザジは唇の端を吊り上げた。

「教えてもいいけど、俺に借り一つにしとけよ、アル・ヴィースの四番目」

「借り、か。……だが、ザジ。俺にできることは少ないよ。俺はキトラやイオエの弟かもしれないけれど、俺自身は単なる騎士だ」

ザジはふぅん、と笑った。

「お前は辺境伯の愛人らしいな？　そっちへの口利きでもいいぜ」

　そのことは言っていないはずだがと、カイルは言葉に詰まる。

「……どこで聞いたんだ。……それも否定はしないけど、俺は辺境伯の仕事には口出しできないし、しない。しがない騎士でしかないんだ」

　口にしながら、己の地位の頼りなさをカイルは痛感していた。

　こういう取引に使える手札を、カイルは持っていない。情けないことに。

　ザジは何故か上機嫌にガハガハと笑うと、カイルの背中を無遠慮にバシバシと叩く。

「アル・ヴィースのくせに無駄に善良だな、お前！　そういうの、俺は嫌いじゃないぜ。ま、俺が困っていたらお前のできる限りで助けるってことでどうだ？」

「それなら構わない」

「よし、契約成立だ」

　ザジは犬歯を見せつけて不敵な笑みを浮かべると、カイルの鼻先を指でつついた。

「トールは確かに人間が好きじゃないが、別に嫌ってもいない。あいつにとっては石ころと同じだ。人間だけじゃない、俺とかもな。……あいつにとって価値があるのは、かつて仕えた主人と、主が遺した者だけ、だ」

「……トールは、アル・ヴィースの長兄の部下だったたって聞いた」

　カイルの言葉に、ザジは大きく首を縦に振る。

「そうとも。ハヤテ・アル・ヴィース。己の父親を討って死んじまった馬鹿な男。嫌な奴だったよ。

人たらしで、強くて、なのに威張らない。魔族らしくもない……」

嫌な奴だと評価する割に、ザジの口調もどこか懐かしむようなものに変わる。

「――お前たちの父親はな、すげえ、嫌な奴だった」

「……それは、知っている」

カイルは己が生まれた経緯を……父がした呪われた行為に思いを馳せた。

「そう、お前だけじゃなく、キトラやイオエも……アル・ヴィースも里の者も、あの方を恐れ、憎んでいた。暴虐で残酷で、気まぐれに侍女を殺して愉しむようなクソ野郎だ。……ある星祭の時期に、お前の父親はとうとう犯してはならない禁忌を犯した」

「……それは？」

カイルが聞くと、ザジは重々しく口を開く。

「竜の巫女に夜伽を命じ、拒否された。それに腹を立てて……惨殺した。星祭は神聖な儀式だ。汚すことは許されない」

それまで度重なる父の横暴に耐えてきたハヤテは、父を討つことを決意して……相討ちになったという。

思わず俯いたカイルにちらりと視線をやって、ザジは続けた。

「お前の親父さんはひでえ野郎だったが……ハヤテのことだけは溺愛して、傍に置いていた。だから、余計に許せなかったんだろうなあ。思い出すとちびりそうになるくらいの怒り方だったぜ」

「……そんなことが、あったのか」

「トールはな、ハヤテに惚れてた」

「えっ」

カイルが目を見張ると、ザジがにやりと笑う。

「抱きてえとか抱かれてえとか、そういう感情があったかまでは知らねえがな。トールは心底ハヤテに惚れてた。いつも石でも食ってるみてえな顔をしたあいつが、ハヤテの傍にいる時だけは、まるで処女かってくらい頬染めてよ。思い出しても笑える」

それは、想像がつかない。動揺するカイルを見て、ザジは再び口を開いた。

「お前、さ、似ているんだよ。カイル・トゥーリ」

「ハヤテと？　俺が？」

カイルが思わず首を傾げると、ザジは意味ありげに口角を上げる。

「安心しろ。間違いなくツラはハヤテのほうが百倍いいし、お前なんか比べ物にならないくらいに強くて賢い奴だったよ！」

「……それはどうも」

カイルが口を曲げると、ザジはニシシと笑って椅子にだらしなく腰かけた。

「だけど……なんっつうかなあ。笑い方とか、イオエとキトラへの距離感とか……あの二人に無防備に距離を詰めるところとか。お前一人では似ていないが、三人でいる姿は、どうしたっていい時代を思い出す。言っとくが、キトラもイオエも基本的にクッソ我儘で邪悪だからな。お前に見せているのは猫かぶったツラだけだ」

カイルは、先ほどのトールの台詞を思い出していた。

侵入者を殺すなと命じたイオエを、トールは生ぬるいと非難していた。

カイルが傍にいなかったなら、イオエは……

そう考え始めたが、カイルはそこで思考をやめた。

「ここは、魔族の里だ。人間の俺には推し量れない決まりがあるんだろう。それは、わかるよ。批判するつもりはないし、その権利も持たない」

「イイ子ちゃんだよなあ、お前は。ま、そういうわけで……在りし日の美しい思い出を呼び起こす異邦人に、トールの野郎は心底ムカついてんのさ。だからお前が嫌い、っと」

「得心がいった。ありがとう、ザジ」

「……で？　お前はここに残んないのか、カイル・アル・ヴィース」

カイルは聞きなれない名前に目を丸くした。ザジはそんなカイルをくすくす笑う。

「ここにいたらお前は好き放題できるぞ。酒も女も、あ、ついでにドラゴンもな」

確かに、キトラやイオエの権力を笠に着れば、栄華も思いのままかもしれない。

だが……それはカイルの望むものではない。

欲しいものは、カイルはもう手に入れている。紅い焔のような髪と、蒼い目をした美しい男だ。

彼が傍に居なければ、どんな宝石も美食もすべてが虚しい。

「ドラゴンは魅力的だけど、俺は今までカイル・トゥーリとして生きてきたし、それは変わらない。だから、早いとこニルス王国へ帰らなきゃいけない」

カイルが静かに告げると、ザジは後ろを振り返った。

「だとよ、カムイ」

ザジの視線を追うと、黒髪に青白い肌の魔族が苦笑しつつ立っていた。

相も変わらず、気配のない男だ。

「カイル様の為人は、存じておりますよ。無欲なことも。それに、ご安心ください。カイル様はハヤテ様には似ておられませんし、キトラ様がお二人を混同しているということはないです」

「あっそ」

ザジはつまらなそうに吐き捨てた。カムイの言葉はカイルへの気遣いだろう。

カムイは満足そうにうんうんと頷いている。

「しかし、カイル様にはやはり辺境伯領に戻ってもらわねば。せっかくの和議が水の泡になりますからね……って、あああああああ！」

突然の絶叫に、ザジとカイルはびくっとした。

「ど、どうかしました？　カムイさん」

「いきなり素っ頓狂な声あげてんじゃねーよ！」

驚く二人に、カムイは焦ったように口を開く。

「しまった！　今！　思い出しました！」

「何を？」

カイルが問いただすと、カムイは両手で頭を抱えた。

「侵入者の人間、二人……私がお招きしたお客人かもしれません……」

「それって……」

嫌な予感がカイルの頭をよぎった時、トールの従者の一人が広間に駆け込んできた。

「か、カムイ様、ザジ殿っ！　トール様がお呼びです！　侵入者を捕まえたのですが、何故かその人間二名がっ」

「二名が？」

ザジが先を促（うなが）す。

「ザジ殿のお身内である、バシク殿と一緒にいると！」

従者の言葉に、ザジが「はあっ？」と眉間にしわを寄せ、カムイが「やっぱりいいいいいい」と情けない叫び声をあげる。

「今は地下牢にいるのですが……その、トール様がお怒（いか）り……」

カイルがじとっとカムイを見ると、彼はあからさまに顔を逸（そ）らす。

その胸倉を、ザジが掴んだ。

「なんでバシクの奴が、ここにいるんだよ。しかも人間と……って、てめえ、カムイ！　なんかくだらねえこと企（たくら）んでやがったな！」

「わあああ、ごめんなさあああい！」

カムイは喚（わめ）くと、不意に真顔に戻った。

「いや、ザジ。ここで仲間割れをしていても、なんの解決にもなりませんっ！　さっ！　行きましょう！　誤解を解いてバシクを救うのです、カイル様も早くっ！」

「くっ……この駄犬、おいこら四番目！　行くぞ！　いいか、カムイ。バシクに何かあったら、ただじゃおかねえからなっ！」

三人はトールの部下に先導されながら、全速力で走ることになった。

息を切らして辿り着いたのは、薄暗い地下牢だ。

そこでカイルが目にしたのは、不機嫌を前面に出したトールと──鎖に繋がれた紅い髪の美貌の男だった。彼は粗末な椅子に腰かけて、長い足を不機嫌に組んでいる。

その膝には白いモフモフした仔犬がいて、はふはふ、と何か不満を述べている。

さらにその背後には、行儀悪く片膝を立てた見慣れた金髪の青年がいた。

予想していたとはいえ、あまりの光景に、カイルはヘナヘナと崩れ落ちた。

「……二人とも、こんなところで、何してるんだよ……」

カイルの言葉に、無駄に顔のいい男二人は、実に珍しいことに互いに顔を見合わせた。

「それはこっちの台詞だ、カイル」

「まったくだっつうの！　大体、俺様を呼んだくせに地下牢に入れるとは、不届きな野郎だな」

アルフレートとキースが地下牢で不服を申し立てると、トールが冷たい声で二人を見下ろす。

「呼んだ、だと？」

カイルから少し遅れて地下牢に辿り着いたカムイが、おそるおそる手を挙げた。

「はぁい……お二人をお呼びしたのは、私でぇーす……」

トールが目を吊り上げる。

アルフレートの腕の中の白い仔犬も、抗議するように『わふ！　わふ！』と盛んに吠えた。

キトラの執務室に集められた一行は、獣の姿でひっくりかえり、腹を見せながらクゥンと鳴くカムイを囲んでいた。

「つまり――」

騒ぎを聞きつけたキトラが現れ、関係のない人々はすべて下がらせた。

ここにいるのはアル・ヴィースの姉弟と獣人たち、それからトール。

そして、カイルの前にはアルフレートとキースがいる。

アルフレートになんでここに来たんだと問いただしたかったのだが、彼の鉄鎖が解かれないので、それはまだ果たせていない。

さらに言えば、カイルとアルフレートの間には不機嫌な顔で沈黙しているイオエがいて、二人を近づけてくれないのだ。

キトラは眉根を寄せ、厳しい口調でカムイを問い詰めている。

「お前は私の言いつけを無視して、カイルがここにいることを辺境伯とその配下に漏らした挙句、ここに招いた、と？」

カムイは今度はひっくり返って四本足で立ち、『わふ』と鳴いて付け加えた。

『違います！　キトラ様！　私は誰にも喋ってませんっ、お手紙を書いただけです！』

「そんな屁理屈がまかり通るものか！」

キトラが手にしている鉄の鞭が、音を立ててカムイに向かう。

キャインキャインと鳴きながらも、カムイは見事にそれを避けた。

地面が抉れるのを、カイルは冷や汗をかきながら眺める。

「おっ、あの犬の兄ちゃん、逃げ足速いな？」

愉しむように声をあげたキースに、ザジが答える。

「カムイはすばしっこいからなあ。って、お前誰？」

「俺？　キース・トゥーリです、どうも。あんたは？　バシク君のお兄さん？」

「ま、そんなとこ。で、お嬢ちゃん、その金髪は本物か？　悪くねえな——……」

ザジがニヤニヤと笑いながら髪に指を伸ばし、キースはにっこりと天使のような微笑みを浮かべた。

「触ってもいいけど、高いよ、俺」

「何を言ってんだ、馬鹿！」

カイルが頭をぽかっと殴ると、キースは「いてぇ」と頭を押さえた。

キースの鉄鎖は、すでにキトラによって解かれている。

「長」

一人静かに成り行きを見守っていたトールが、己の主人に問うた。

「カムイへの沙汰はひとまず置いておいて、侵入者の処置はどうなさいますか？」

そう言うトールの、右手の爪が伸びる。

カイルは慌ててアルフレートの前に立った。

「トール殿。ここにいるのは、私の上司であるイルヴァ辺境伯です。そこの金髪は……ええと、俺の幼馴染で、キース・トゥーリ。怪しい者ではありません」

トールの眉間のしわが深くなる。

キトラはカイルの顔を見て、チッと舌打ちし、指を鳴らした。すると、まるで砂のように鉄鎖は崩れ、塵と化す。

自由になった両手を確かめるように、アルフレートが指を開閉した。

そんなアルフレートを、キトラは睨めつける。

「何をしにここへ来た。アルフレート・ド・ディシス」

「それは勿論、カイルを取り戻しに。……命を救ってもらって感謝する」

キトラは、ふんと鼻を鳴らした。

「お前の傍にいたら、弟はいくつ命があっても足りない。私が返さないと言ったら、どうする。カイルもここに馴染んだようだしな。魔族を厭うニルスの辺境になど、戻る必要はない」

腕組みしつつ言い放ったキトラにカイルが反論しようとすると、アルフレートに袖口を掴まれた。

「アルフ」

アルフレートはにこやかに微笑む。

「ここはカイルにとっては故郷のようなものだ。ここが暮らしやすいなら、無理に連れ帰ったりしない。……だが、二年が過ぎて爵位を引き継いだら、迎えに来ますよ」

口調は穏やかながらも強い意志を向けられ、キトラが口を曲げた。

「……カイル、お前は……」

カイルがキトラを見返すと、彼は、はあっと大きなため息をついた。

「聞くまでもない、か……うちの馬鹿が無礼な呼びつけ方をしたとはいえ、急な訪問だ。賓客のもてなしはせぬが、よろしいか、アルフレート殿」

キトラはアルフレートを辺境伯という敬称をつけずに呼んだ。つまり、単に人間の客人として招き入れた、ということなのだろう。アルフレートは軽く目礼する。

「私こそ、前触れもなしに訪れて申し訳ない」

なんとか無事に終わりそうだ、と思ったカイルだったが、アルフレートとカイルの間に幼い影が割り込んだ。イオエだ。

「私は認めないぞ。こんな奴、知らない！　いきなり現れて、なんなんだ」

人の姿に戻ったカムイが、困ったように頭を掻いた。

「イオエ様。キトラ様がお決めになったことですよ。我々は、長の決定には従わねばなりません……」

「うるさい、駄犬っ！　やっと会えたのに、私からまた家族を取り上げるのか！」

イオエは涙をこらえて、唇を引き結んでいる。

カイルは複雑な気持ちで小柄な姉を見つめた。そして震える肩を優しく叩いて、抱きついてきた華奢な身体を抱き上げる。

「イオエが呼んでくれたらいつでも来るから。泣かないでくれ」

「……本当だな？」

「勿論だ」

「星祭が終わるまでは、里にいるんだぞ」

「イオエが望むなら、そうする」

「イオエ、じゃない。ちゃんと姉上と呼べ」

「……イオエ、姉さん、でいいかな？　貴族じゃないから、姉上呼びはちょっと照れ臭いや」

カイルの答えに、イオエはうん、と可憐に頷く。それに相好を崩すと、イオエはカイルの首筋にしがみついた。

イオエはそれからニヤリと……アルフレートに不敵に笑いかける。

あからさまな敵意を向けられて、ひくり、とアルフレートの頬が引き攣った。

二人の攻防に気付いて、カムイがアルフレートに耳打ちする。

「ご事情があってお小さいですが、あの方がキトラ様とカイル様の姉上のイオエ様です」

「……なるほど。小姑が……また、増えたわけか……」

アルフレートは低く小さな声で呻いた。

キトラはいまだ機嫌がよいとは言えない表情だが、尋問を終わりにすることに決めたようだ。

ティズを呼んで「あとは任せる」と言ったので、カイルはひとまずほっと息をついた。

キトラに連れられてトールと獣人たちも去り、女性陣と人間たちだけが残る。

「お前、ほんっとたらしだな！」

キースが座ったまま毒づく。呆れた表情の幼馴染をカイルはもう一度小突いた。

「なんの話だよ。大体、なんでキースまでここに来た？　しん……じゃない、仕事は？」

教会は魔族を『悪』と断じているため、関係がよくない。神官だとばれるのはまずいので、カイルはごまかしながら聞いた。

すると、キースはなんでもないとばかりに答える。

「魔族の里に訪問できる人間なんてめったにいない。せっかくの学びの機会だからな、喜んで来た。安心しろよ。上司も行ってこいって快く送り出してくれたぜ」

なんとも疑わしい言い方だ。カイルはじとっとした目をキースに向ける。

すると、ティズがおずおずとカイルに尋ねた。

「アルフレート様とお伴の方に、客間をご用意いたします。……が」

玲瓏たる美女は、ちらりとキースを見た。

「この方は？」

「俺の幼馴染で、キース・トゥーリ。一緒に育った……兄弟みたいなものです」

カイルの言葉に、イオエが反応した。

「兄弟？　この人間がお前の兄弟だって？」

イオエがじっとキースを覗き込む。

キースは辺境伯領中の若い娘を虜にする微笑みを浮かべて、イオエを見た。

「初めまして、イオエ・アル・ヴィース様。お会いできて光栄です」

人の姉を誑かすな、とカイルは半眼になったが、イオエは面白そうに目を丸くした。犬に触れるような手つきで、キースの金色の髪を撫で、つまむ。

「キース・トゥーリ。キトラがお前の名前を何かで説明していた気がするな……。人間、お前、この金色の髪は本物か？」

「めったにない極上の天然ものですよ、お嬢様」

砕けた口調になったキースに、ふうん、とイオエは相槌を打つ。

「本物の金色の髪は初めて見た！　短いのが惜しいな。長ければ切り取って飾るのに」

そんなに珍しいか？　とカイルが首を傾げていると、ティズが説明してくれる。

「金色の髪は、人間にしか生まれないのです。そして、魔族の里では黄金は尊い色。黄金竜の鱗と同じ色ですから」

なるほど、とカイルは頷いた。貴色というわけだ。

しばらくキースの髪を堪能したあと、イオエは唇を尖らせながらもアルフレートに視線をやった。

「ふん、本当は歓迎したくないが……仕方ない。アルフ、とかいったな。貴公のこともせいぜいもてなしてやる。そこの人間も、黄金竜みたいな髪色に免じて傍に置いてやる」

「どーも」

どこにいても不敵な幼馴染の態度に、カイルはやれやれと肩をすくめた。

「……キースとアルフが、一緒に旅をするなんて思わなかったな」

座り込んだままのアルフレートの横に、カイルも座って言う。

「……非常事態だったからな」

カイルは苦虫を噛み潰したような顔で答えたアルフレートの蒼い目を覗き込んだ。

「いつも、心配かけてごめん。今回ばかりは……だめかな、と思った」

「いいや、私が悪い。巻き込んですまない。やはりお前も連れて行けばよかった」

このままでは、お互いに謝罪の重ね合いになりそうだ。

カイルは首を横に振って、アルフレートの額に己のそれを合わせた。

「やめよう。喧嘩と謝罪の続きは、辺境伯領に戻ってからで。……俺がここに来た原因についても、追及は……屋敷に戻ってからで、いいかな」

「そうだな」

同意してくれるアルフレートの、確かな体温にほっとする。

カイルは指でそっとアルフレートの頬に触れた。いつも身綺麗なアルフレートの、少しだけ伸びた無精ひげに心がざわめく。

しばらくそうやっていると、コホンと不機嫌な咳払いが聞こえてきた。

イオエが見たこともないような怖い顔でカイルとアルフレートを見下ろしている。

「……言っておくが、私の前で仲良くするのは禁止だ。いいな?」

カイルは気圧されて、こくこく、と頷く。

隣ではアルフレートが何度目かのため息をつき、キースだけが、けらけらと笑っていた。

第四章　星祭、還る死者

——アルフレートとキースが魔族の里に侵入した、翌日。

なんだかんだと慌ただしく過ごして、カイルが再びアルフレートに会えたのは深夜近くになってからだった。

カイルは、一日のことを思い出す。

キースはイオエとザジに妙に気に入られて、今日は朝からイオエの着せ替え人形になっていた。

金色の髪がよほど気に入ったらしい。

ザジはザジで「俺、金髪の美形って好みなんだよなあ」とあからさまに誘って、キースにせせら笑われていた。キースは「俺が突っ込むほうならいいぜ」といなしていたが。あれは多分軽口でなく本気だ。

カイルはキースよりもザジの貞操が守られますように、と魔族の女神に祈った。

そんな風に各々自由に過ごした夜。

カイルはイオエやキトラから解放され、やっとアルフレートにあてがわれた客室へやってきたのだった。

「死者の魂が戻ってくる祭、か」

カイルが星祭について説明し終えると、アルフレートは出窓に腰かけて、魔族たちの街を眺める。

カイルもアルフレートの隣に座った。

なんとなく酒を飲みつつ、身を切るような冷たい風に頬を嬲られながら、夜空と城下を交互に見る。

街は今日も星祭に備えて静かだ。人々は家にこもって、数日後には戻ってくるであろう誰かのために、祭壇に迎えの果実や冬に咲く花を飾って祈っているだろう。

「確かに魔族の里は星が近いな……落ちてきそうだ」

アルフレートが見つめた先には、輝く大粒の星がある。

「イオエが明日は儀式を案内してくれるって言ってたから、見に行こう」

カイルはそう言いながらくすりと笑う。するとアルフレートは眉根を寄せた。

「何がおかしい」

「ははっ……いや、だって。耳が可愛いなあと思ってさ」

アルフレートは渋い顔で己のこめかみのあたりを確かめた。

「こんなものをつける必要はないと思うんだが……」

アルフレートは髪の間から覗く獣耳に触れた。

昨日カムイが「変装用にどうぞ！」と嬉々として持ってきたもので、ご丁寧にアルフレートの髪の色と同じだ。

星祭の時期に人間が二人も里に……しかも、城にいては不審に思う者がいてもおかしくない。

キースのことはイオエが「黄金竜と同じ色で珍しいから連れてきた」と言い訳したことで周囲が諦めたらしいが、アルフレートの紅い髪も目立つ。

しかも、蒼い瞳を持つアルフレートという名の男……とくれば、かの美貌の辺境伯と結びつけるのはそう難しくない。

そこで、カムイが精巧なつけ耳を持ってきてくれたわけだ。

耳を特殊な布と髪で隠して獣の耳をつければ、元々魔族の里にいる者に見えなくもない。

「ふはは、でも、おかしいな。この耳、どうして動くんだろう？　不思議だ」

カイルがピコピコと可愛らしく動く獣の耳を弄ぶと、アルフレートは不満げに口を尖らせた。

「可愛くない」

「いや、可愛いって」

アルフレートは頑なに否定する。可愛いと評されるのは辺境伯の沽券にかかわるらしい。

カイルはしばし考え、いいことを思いついて口を開く。

「じゃあ、アルフも俺のことを可愛いって言うのは、金輪際やめろよ？」

「それは無理な注文だ。恋人を褒めて何が悪いんだ？」

「褒め言葉はいろいろあるだろう？　格好いい、とか」

「とか？」

「強くて憧れる、とか、頼りになる……とか、さ」

カイルは、もう一度仮初(かりそ)めの耳に触(ふ)れた。

——ぴくぴくと動くのが……

「可愛い」

アルフレートは半眼でカイルを睨(にら)んだ。

そして、わざとらしく鼻先を甘噛みする。

「……なんで噛むかな」

「私はオオカミ族の獣人らしいしな、それらしい振る舞いをせねばという義務感だ」

アルフレートの手が、カイルの服の下に意図をもって忍び込む。臍(へそ)の下を撫でられてカイルは、ふ、と息を漏らした。

しばらくぶりの刺激に、背中に甘い痺(しび)れが走る。

カイルは先ほど鼻先を噛まれたお返しとばかりに、アルフレートの首筋にかぷ、と噛みついた。どくりと血の流れるところ、頸動脈(けいどうみゃく)のあたりを啄(ついば)んで、歯を立てる。

アルフレートがこら、とカイルを叱(しか)りながら、ベッドに押し倒した。

「……最後まで、するのか？　なんも準備がないけど」

「嫌か？」

耳元で低く甘く「したい」と懇願(こんがん)されると、拒絶の気持ちはあっという間にぐずぐずに溶けてしまう。

もう何年も前から、この男にそういうふうにされてしまった。

アルフレートがカイルの目の前に、蜜色の液体が入った小瓶を出す。

香油だと気付いて、カイルは瞬いた。

「どうしたんだ、それ」

「迷惑料だと、カムイ殿がくれたぞ」

毒とか入っているんじゃないか、と一抹の不安を覚えたが、アルフレートは「舐めて確かめた」としれっと言った。

「呆れた。危ないだろ」

「毒には耐性がある」

その地位ゆえに狙われることもあるからか、アルフレートは毒に詳しい。少年の頃は訓練と称して毒を服用していた時期もあったらしい。

それでも、と抵抗したカイルに、アルフレートが圧しかかって、唇を無理やり塞ぐ。

「ん……ふ……」

何か言おうとしたが、その言葉は忽ち舌の上で蕩けた。

器用な指が簡単にカイルの下穿きを剥いで、外気に下肢が晒される。

ぐちゅり、と先走りの溢れた鈴口を指でひっかかれて、甘い刺激がぞくりと臍の下までせり上がる。

「あ……あ」

久しぶりの指の動きに、はしたなく腰が動く。

じらさないでくれ、と首筋に齧りついてねだると、アルフレートが低く喉で笑った。

「安心しろ。私もそんな余裕はない」

孔の縁を指でなぞられて、ひくりと薄い皮膚が期待に満ちて喜ぶ。

香油のぬるみに助けられながら、寂しさをなだめるように入り込んできたのは、長い指だった。

「ん……アルフっ……」

ぐじゅぐじゅと音を立てて、指が潜り込む。指の腹で感じるところを押されて、カイルは呻いた。

敏感に開発されたところを柔らかな指で何度も擦られて、腰が動いてしまう。

甘い痺れが広がっていく。

じゅぷじゅぷと卑猥な水音に合わせてあられもない声を出してしまいそうになって、下唇を噛む。

アルフレートが揶揄うように唇を啄んだ。肉厚の舌に口内を思うままに蹂躙される。

心地よくて、たまらず呻く。

「声が聞きたい。カイル……聞かせてくれ」

「あ、あっあっ……いい、それ、好き。好きだけど、もっと……」

指で触られて、嬉しい。けれど、指では足りない――

「奥……っ、奥がいい……指じゃなくてっ」

抱えられた足の爪先を、ぴんと伸ばす。誘い込むように指をぎゅ、と曲げてアルフレートの二の腕に爪を立てた。

「堪え性がないな」

突き放すような口調で、アルフレートは言う。

「……アルフがっ……俺を、そういうふうにしたんだろっ……」

カイルの言葉にアルフレートは満足げにし、甘く嬲り続ける。

そしてカイルの後ろに昂ったそれを、ゆっくりと突き立てた。

「……んあっ」

アルフレートが入ってくる時はいつも、はじまりは初めてのように苦しい。

アルフレートの身体に緩やかに押しつぶされて息を止めていると、カリが狭いところを通る。そうすると苦しさは忘れて、広がるのは快感だった。

快感は薄められた痛みだ、とは誰が言った言葉だろう。

——これが薄められたものならば、もっと痛くしてほしい。

痛く、強く、もっとひどくして、串刺しにするみたいに……

「……あ、ぐぅ……そ、こ」

指でさんざん嬲られたところが、もっと熱くて太いもので慰撫されて、カイルは呻いた。

角度を変えて、何度もアルフレートに責められる。奥を何度もぐちぐちと弄ばれて、カイルはぎゅっと瞼を閉じた。

「やっ、あ……っ、アルフ」

大きすぎる快感を我慢できず、ぴゅ、と白濁が漏れる。

アルフレートは息を整えるカイルを満足げに見つめると、首筋に一つキスを落として、自身を抜かぬまま、カイルの身体をひっくり返した。

「……ぐっ、ひっ……」

内部が抉られるような刺激にカイルは悲鳴に似た嬌声をあげた。

そのまま勢いよく背後から突き立てられて、カイルは喘ぐ。

「あぁ……っ」

カイルはうつ伏せのまま、ぎゅ、とシーツを掴んだ。こらえきれずに、清潔なシーツに再び射精した。

「待って……アルフ、いま、イッたから、止まって……まだ、イッてる、からあ」

「無理だ。まだ、足りない」

カイルの哀願は許されず、自身を柔らかな敷布につぶされながら、アルフレートのもので容赦なく貫かれる。

ギシギシと軋むベッドの音ですら卑猥な愛撫に聞こえて、興奮を誘う。

ぐぷ、と熱い肉塊が奥の――行き止まりに潜り込む感触がして、カイルは、ヒュッと息を呑んだ。

「……ぐ……あ、ふ……」

「カイル」

耳元で、名前を呼ばれる。世界で一番、好きな音だ。

それは毒のようにカイルに染み込んで、動きを止めさせた。

ゆっくり、アルフレートのものがカイルの胎を出入りする。

じわり、と下半身に広がる甘い痺れと熱に、カイルは声を漏らした。

その呻き声すら——食われる。

アルフレートはカイルに口づけ、舌をねじ込んだ。

カイルの息をすべて食らいつくすように、アルフレートが舌を絡めてくる。そのまま前を大きな手のひらで包まれて、ゆるゆると扱かれた。

前後から快感の波に襲われて、カイルの背が弓なりになる。

それを見計らったかのように、再び奥にアルフレートの熱が穿たれる。

「あっ、あ……！」

あとを引く声をあげて、カイルは身体をアルフレートの胸に預けた。


——心地よい余韻の中、しばらく二人してふわふわと漂う。


「カイル」

「どうした？　アルフ」

少し嗄れた声で名を呼ぶと、アルフレートがカイルの髪を撫でる。

「……この里の暮らしは、心地よかったか？」

珍しくアルフレートの瞳が心配そうに揺らぐ。カイルはアルフレートの獣の耳に触れた。

「尻尾もあるとよかったのにな。可愛がりたかった」

「馬鹿を言え……お前の後ろにあるなら悪くないが」

カイルはくすりと笑って、先ほどの問いに答える。

「キトラもイオエも俺に優しくしてくれたし、嬉しかったよ。だから、少しだけ考えた」

「里で暮らすことを？」

いいや、と首を横に振る。

「もしも俺が本当に魔族で、ここで育っていたらどうだったかなって、想像した。……キトラやイオエと一緒にここで育って、何不自由なく生きていたら……」

きっとドラゴンには愛されただろう。

今よりも我儘に気楽に生きていたかもしれない。誰の目を気にすることもなく、思うままに振る舞っていたかもしれない。

だが――

「キースと一緒にはいられなかったし、飛龍騎士団に入団もできてない。ヒロイやニニギにも会えなかったし、アルフにも……」

カイルはアルフレートの肩に顔を埋めた。

「だから、俺はカイル・トゥーリで……孤児でよかった」

「そうか」

髪を撫でるアルフレートの指が優しい。

そして、彼は悪戯っぽく笑った。

「だが、わからんぞ。お前が魔族であっても、私とは会っていたかもしれない」

「俺と、アルフが？」

「ああ、そうだな。ドラゴンを捜しに魔族の里の近くに来た私をお前が捕らえるとか、辺境伯領に忍び込んだお前を私が捕らえるとか」

「どちらにしろ、追いかけっこか？」

カイルがくすりと笑うと、アルフレートに再び押し倒される。

「どんなお前でも、お前がどこに生まれていたとしても……きっと捕らえて、私は恋に落ちたさ。お前は違うのか？」

アルフレートは拗ねた口調で、カイルを見下ろした。

カイルはアルフレートの獣の耳に齧りつきながら身体を入れ替え、そのまま押さえつける。

そして答えを口にする代わりに、アルフレートに深く口づけた――

星祭の儀式は、三日三晩続く。

それに先駆けて、アル・ヴィースの城の奥にある祭壇では、竜の巫女による先祖の霊を呼び出す儀式が始まるという。

星祭の儀式を見届け、長兄を送ったら帰る。

カイルがそれを告げるとキトラはしかめっ面で数十秒間黙って――だが、諦めた。

「たまには顔を見せに来るだろう？」

「兄さんが許してくれるなら」

「許さない理由はない」

キトラはそう言ってカイルを手招きすると、額に口づけた。

カイルははにかんで答える。

「また誰かに、道案内をしてもらわないといけないけど」

「カムイか、ザジを送ろう。どちらがいい？」

カイルは愉快な獣人たちを思い浮かべた。親しみやすいといえばカムイだが、彼は底知れない感じがする。ザジでもいいのだが……と考えて、首をひねった。

そんなカイルの様子に気付いて、キトラが尋ねてくる。

「ザジがどうかしたか？」

「キースを妙に気に入って口説こうとしているだろ？　それがどうも気になる。キース本人は鼻であしらっているみたいだけど……」

懸念を打ち明けると、キトラはああ、と頷いた。

「あの無駄にきらきらした神官か。ザジの奴は私が殴っておく、安心しろ」

殴らなくてもと思ったが、それよりもキトラの目にもキースがきらきらして見えるのは、なんだか妙な気分だ。

そのキースはといえば、今日もイオエの着せ替え人形になって遊ばれているらしい。

「本人が嫌がらなければ、バシクに来てもらいたいけど」

カイルが言うと、キトラは部屋の隅に視線をやって、こっちへ来いと呼んだ。

ちょうど、バシクが遣いで来ていたらしい。

「と、いうことだが、バシク、お前は行けるか？」

「長の願いでしたら喜んで」

少年はポンッと音を立てて白いモフモフした仔犬姿になった。

カイルが手を伸ばすと、仔犬はカイルの腕の中に躊躇いなく飛び込む。

「また頼むよ、バシク」

『いいけど、いろいろ案内してくれよ』

バシクはわふ、と鳴いただけだが、ドラゴンと同じように、バシクの言葉が頭の中に聞こえた。

どうやらカイルの異能は、獣化した獣人にも対応しているようだ。

二人の様子に、キトラは満足げに頷いた。

「あの男は気に食わんが、辺境伯領との交易は続けねばならんしな。バシクのような年若い者が通えば、人間どもの警戒が解けるかもしれん」

「確かに」

バシクが遣いとして来てくれれば、騎士たちも和みそうではある。

カイルがそんなことを考えていると、キトラは微笑んだ。

「星祭の本番は三日後だが、今日は巫女たちの舞がある。見に行くといい」

ティズをはじめとした美しい巫女たちが、先祖の魂を慰撫する舞を捧げるというので、カイルは是非と答えた。

それから、そういえばと思い、キトラに問う。

「……俺はともかく、アルフも祭壇に入っていいのか？」

「私が許可する。……業腹だがな」

「ありがとう、キトラ兄さん」

カイルが礼を言うと、キトラはふん、と鼻を鳴らし、カイルの目元に口づけた。

「その呼び方に免じて目をつぶってやる。さあ、行け。バシク、カイルを案内せよ」

キトラに頷いて、カイルは礼拝堂へと足を向けた。

キトラの執務室を出ると、アルフレートが待っていた。兄弟が二人で話すのを邪魔しては悪いと思って外にいたのだろう。

キトラとアルフレート。あまり仲良くなさそうな二人だが、いつか並んで話す姿も見てみたい。

カイルとアルフレートはバシクに先導され、礼拝堂に辿り着いた。

白い石で作られた円形状の建物の中心には、数人の白装束の魔族たちがいる。竜の巫女(みこ)たちだ。

巫女(みこ)たちと呼びつつも男女交じったその集団は、性別を問わず体形がわからない白絹(しらぎぬ)の柔らかな装束をまとい、白い仮面で額(ひたい)から鼻までを覆(おお)っている。

「カイル様たちも、こちらを」

白い仮面で上半分を隠したカムイが、カイルに仮面を渡す。

カイルとアルフレートは素直にそれに従った。

仮面をつけるのは、いなくなった魂(たましい)たちが人々に交ざって戻ってきても、素知らぬふりをするためだ。

カイルたちと同じく顔のすべて、あるいは半分を思い思いの仮面で隠した高位の魔族たちが見守る中、巫女（みこ）たちの誰かが細く高い声で歌い出す。

それは峰（みね）で聞いた、シュニヤの鳴き声に似ていた。

その歌声を合図に、巫女（みこ）たちは立ち上がった。

幻想的な音が鳴るのに合わせて、ひらり、ひらり、と白いすそが翻（ひるがえ）る。

物悲しいというよりも、穏やかで荘厳（そうごん）な曲だ。

飛竜の翼のように美しく翻（ひるがえ）る装束にカイルが見惚（みと）れていると、ティズらしき人影が円陣の中心に移動して、カイルにはわからない言葉で何かを高らかに宣言する。

「魔族の古語だな」

「アルフ、わかるのか？」

カイルが驚いて聞くと、アルフレートは頷いた。

「昔、少し調べたことがある。意味まではわからないが、単語はいくつか……『空』とか『来る』とか、聞こえたような……」

すると、カイルの腕の中にいるバシクが耳元で小さく鳴く。

『あれは呪文みたいなものなんだ。根の国へ行った先祖の魂（たましい）を、喚（よ）んでる』

「へえ」

ティズが歌い、舞は続く。巫女（みこ）たちは次第に動きを緩やかにし、円陣を小さくしながら一塊（いっかい）になっていく。全員がティズを囲んで、シャン、と鈴が鳴った。

それを合図にすべてが終わった。

周囲から感嘆の声が漏れた、と思った刹那(せつな)――

ティズの姿が一瞬、陽炎(かげろう)のように歪(ゆが)んだ。

見間違いかと、カイルは目を擦(こす)る。

アルフレートも何かを感じたらしい。カイルの前に立つと、礼拝堂の中心にいるティズに鋭(するど)く警戒の視線を向けた。

轟(ごう)、と、澄んでいたはずの空気が淀(よど)む。

「ティズ?」

カムイが巫女(みこ)の名を呼ぶと、たおやかな美女は唸(うな)り声をあげながらゆらゆらと奇妙な動きで立ち上がった。

「ああ……この、淀(よど)んだ空気……懐かしいことだ」

――幾人かの魔族が、ぎょっと巫女(みこ)を見る。

カムイがこわばった声で呟いた。

「……長(おさ)?」

彼女の鈴を転がすような声に重なるのは、明らかに男の声だ。低く禍々(まがまが)しい声を聞いて、カイルの腕にさあっと鳥肌が立つ。

「……よくも、私を殺したな。お前たちに災(わざわ)いをもたらしてやる」

何事か、と観衆がざわめく間を縫って、キトラの声が飛んだ。

「トール、悪鬼が喚ばれた！　鎮めよ」

凛とした声を合図にトールがティズに近づき、手刀を落とす。

華奢な巫女はあっという間に昏倒して、彼の腕の中におさまった。

キトラはざわめく観衆を睥睨して、視線だけで黙らせると、冷静に言い放った。

「ティズの力が強すぎて、さまよう魂を喚んだのだろう。我が巫女は優秀だ。……さあ、もう一度、舞を」

キトラの合図で、もう一度巫女たちが舞い始める。徐々に平静を取り戻す観衆たちとは対照的に、キトラの隣にいるイオエやカムイは心なしか焦っているようだ。

視界の隅でトールがティズを抱えていくのが見えた。

カイルとアルフレートは視線を交わすと、礼拝堂を出てティズのあとを追う。

だが、二人の姿はどこにも見えなくなっていた。

「カイル、二人がどこに行ったかわかるか？」

「空間を転移したのかな……俺は気配を追うのはあまり得意じゃない。ティズの体調が悪くなければいいけど……」

背後の礼拝堂で、わっと歓声が沸く。

巫女たちが再び舞を捧げ、その出来に魔族たちが喜んでいるのだろう。流れる曲が厳かなものから賑やかな舞踏の曲に変化していく。

祭りの浮かれた熱気を感じながら、カイルは何故か不安がよぎって胸を押さえた。

地を這うような男の声が、耳から離れない。

『よくも、私を殺したな――』

『災いをもたらしてやる……』

不安を払拭するために見上げた夜空は、生憎と曇り模様。

あるべき星が、見えなかった――


翌朝、浅い眠りに落ちていたカイルは、扉の向こうに慌ただしい気配を感じて、目覚めた。

アルフレートとともに着替えて部屋を出ると、静かに、だが足早に側仕えの者たちが城の中を動いている。漏れ聞こえる押し殺した魔族たちの声から聞こえる名前は――

「……イオエに……何かあったらしい」

「姉君の？」

嫌な予感を胸にイオエの部屋へ行くと、部屋の外ではキースが片膝をついて座り込んでいた。

「キース？　どうしてここに？」

「今日も姫さんに呼ばれてな。だけど、具合が悪くて立ち入り禁止だってさ」

具合が悪い？　とカイルは扉を凝視した。

この半月あまりイオエと過ごしたが、元気そのものといった彼女が体調を崩すとは……

カイルが扉の向こうに意識を集中させると、中から言い争う声が聞こえてくる。

「イオエ様！　我儘を言っている場合ではないでしょう……！」

「うるさいぞ、駄犬。少し黙れ――」

「一体誰からもらったものを飲んだのか、と聞いているんですよ！　毒だなんて……」

カイルは真顔になって、扉を開いた。

誰だ、と不機嫌に誰何しようとしたカムイは、現れたカイルを見てあわあわと両手で口を押さえた。

ベッドに伏せているイオエが、手近にあった盆をカムイに投げつける。

「この……駄犬め。お前の失言はわざとだな？」

カイルはイオエに近づくと、額に手を当てた。

熱はない。むしろ、冷たすぎる。

よく見ると、イオエの桜貝のような愛らしい爪が変色して、紫になっている。指も氷のように冷えて、細かく痙攣していた。

カイルは思わず歯噛みし、イオエを見据える。

「毒、ですか？　……姉さんに毒を盛ったのは誰ですか？」

「さあ？　いろいろな奴が私に貢ぎ物をしてくれるからなあ、誰だかさっぱり」

カイルに続いて入ってきたアルフレートは、ベッドサイドに置かれた茶器に視線を落とした。

一口、口をつけたあとは飲む気にならなかったのか、器にはなみなみと茶が注がれたままになっている。

「姉君、失礼します。変わった香りがしますが、茶葉を確認しても？」

イオエは無言だったが、カムイがどうぞ、と茶筒をアルフレートに手渡す。

アルフレートは茶葉をひとすくい別の器に入れると、水差しに入っていた湯を器の半分ほどまで注いだ。

器の中で、茶葉がじわりと広がっていく。

丸まった状態では同じに見えたが、茶葉は二種類あったようだ。緑色のままのものと、赤茶に色が変わったものがある。

アルフレートは無言で赤茶けたほうの茶葉を広げて、噛んだ。

「——っ、やめろ！　辺境伯っ、それはっ！」

イオエが慌てて、アルフレートの手を掴む。アルフレートは涼しい顔で噛みしめた茶葉を吐き出すと、確かめるように親指で舌をなぞった。

「毒だから、口にするな……ですか？　姉君」

イオエがしまった、というように唇を噛む。

アルフレートは茶筒をカムイに渡した。

「ご心配なく。私は毒には耐性があります。姉君がどうかは知りませんが。これは辺境伯領に咲く花の葉で、茶葉に似ているが、その実……神経に作用する毒花です。根は猛毒ですぐに死に至るが葉なら即効性はない。解毒薬があれば中和できる」

キースが感嘆の声をあげた。

「お詳しいんですね、閣下。意外な特技が」

「意外とはなんだ、失礼な。……立場ゆえに耐性をつけたのと、母が植物に造詣が深かったからな。その影響で私も多少は植物に見識がある。君は神官のくせに医療には疎いのか」

「生憎、壊すほうの専門なんで」

キースは肩をすくめた。確か、キースは大神官の側仕えで警護のようなこともやっていたはずだ。剣技はともかく体術であれば、カイルは多分敵わない。

「アルフ。それで、解毒薬は？」

「花びらの左右が紫と白に分かれた珍しい花が咲いていないか？　ああ、そうだ。その刺繍のモチーフになっている花だ」

アルフレートが指で示したのはベッドサイドにあった手巾だった。

「ああ、それなら」

カムイが安堵したように息を吐く。

「ティズの薬草園に咲いている花ですね！　確か辺境伯領から取り寄せた、珍しい花だと！」

カムイは言いすすめながら、はたと気付いて蒼褪める。

「ティズの……薬草園に咲いていた……。そういえば、ティズは熱心にそれを育てて……」

だんだん小さくなるカムイの言葉に、イオエはため息をつく。その横顔を眺めながらカイルは尋ねた。

「カムイさん。ティズは今、どこにいるんですか？」

「……それが、昨夜、舞のあとに体調を崩してから、どこに行ったのかわからなくて」

「俺たちは昨夜、トールがティズを抱えて、礼拝堂をあとにするのを見ました。トールはどこに？」

カムイが、言い淀む。

「……トールもどこにいるのか、わからなくてですね……」

カイルは沈黙したままのイオエを、見た。

「イオエ……この茶葉はティズがくれたものか？」

「そうだよ。よく眠れる、美味い茶なんだ」

「……だけど、毒入りだ」

「ティズが混入させたとは限らないさ……淹れる機会は誰にでもあるだろう」

カイルの背後でキースが笑う。

「そうだな、そこのカムイとか……俺とかも怪しいな？」

イオエはむすっと口をつぐんだ。

アルフレートはカイルとイオエを見比べて、ぽん、とカイルの肩を叩く。

「犯人捜しはあとでいい。姉君も混乱しているだろう……早く、花を摘みに行こう」

「うん……」

カイルが頷いて部屋を出ようとすると、入り口に無表情のキトラが立っていた。

「キトラ？」

彼はカイルから視線を外すと、部屋に入り青白い顔の姉を見下ろす。

「してやられたな、イオエ。……ティズを信用しすぎたあなたの落ち度だ」

「怒るな、弟。――ティズに毒を盛られたのならば、仕方がない」

カイルが気遣わしげにキトラを見ると、彼は「散れ」とおどけたように手を振った。

「薬草園へ行っても無駄だ。……ティズの部屋に行ったがもぬけの殻で、薬草園はすべて焼かれていた」

「そんな」

カイルが声をあげると、キトラは肩をすくめた。

「安心しろ。解毒薬はトールが持っている。イオエに渡す、とさ」

カムイがほっと息をつく。

「よかったあ！　じゃあ、トールがティズめの不届きな企みに気付いて、彼女をとっちめたんですね！　キトラ様！」

そういうことなのか？　とカイルがアルフレートと首を傾げていると、キトラはイオエの隣に座って、いいやと微笑んだ。

ぞっとするような凄絶な笑みだ。

「イオエの解毒剤の代わりに、私に死ねと遣いの鳥が告げて、消えた」

その場にいた誰もが、ぎょっとしてキトラを見た。

キトラに厚い忠義を誓っている、という印象のトールの行動とは思えない。

「どうして、トールが、そんな……？」

「さあな？　……まあ、そういう気分だったんだろう。仕方がない」

こともなげに言い放ったキトラに、カイルはそんなわけはないだろう、と反論しようとした。

だが、それより先に、イオエがキトラの腕を小突いた。

「すまないな、弟。油断した。私のことは放置しておけ。毒を飲んだのは私の落ち度だ」

「そうもいくまい。まあ、ヘマでイオエが死ぬのは自業自得としても、ティズもトールも、私に逆らったのだ。私が手を下すしかないだろう？　まあ、ついでに解毒剤が手に入れば、イオエにくれてやる」

カムイは殺伐としたやりとりを交わす姉弟を見比べて、おろおろとしている。

そんな中、アルフレートが静かに尋ねた。

「トール……というあの青年の居場所はわかっているのですか、キトラ・アル・ヴィース」

キトラはそれには答えなかった。

「ここから先は身内の醜聞だ。……まったく、貴公に対し身内争いに弟を巻き込むなと責めたのに、私もこれでは格好がつかないな。……カイル」

「はい」

呼ばれて応えると、キトラは申し訳なさげに目を伏せた。

「星祭を最後まで見せてやれないのは残念だが、お前は神官と伯を連れて、明日この里を出発するといい。ザジとバシクを道案内につけよう」

「そんな」

抗議の声はキトラの鋭い視線で遮られた。

「安心しろ。イオエはやすやすとは死なない」

「その通り。解毒剤がなくとも人間よりは長くもつだろう」

そんなものが気休めの言葉に過ぎないことは、イオエの浅い息を見ればわかる。

絶対に嫌だと首を横に振りかけて、カイルは視界の端に、獣人たち――ザジとバシクがこっそり獣の姿でいるのに気付いた。

ザジが唇の動きだけで「こっちに来い」と言っている。

「今日は、休め。……いいな？」

有無を言わせぬキトラの台詞にカイルは不承不承頷き、部屋をあとにした。


「なんともまあ、クソ面倒なことになってんなあ」

カイルに与えられた客間に戻ると、ザジがベッドの上で寛いでいた。

「うっわ、偉そう」

キースが呆れると、ザジがニヤニヤしながら口笛を吹いた。

「よ、キース。その生意気な口調も、いいねえ。俺になびかねえ？　お嬢ちゃん。昼も夜も、いい思いさせてやんぜ」

「阿呆そうだな、あんた」

キースの辛辣な評価を、バシクが訂正する。

「阿呆そう、じゃなくて阿呆なんだ」

カイルは若干疲れを覚えつつ、ザジに尋ねた。

「……さっき、俺に言いかけたのはなんだ？　ザジ。よかったら教えてくれ」

「いいとも」

ザジはベッドの上で身を起こす。

「トールの野郎が死ぬのは構わないし、ティズは憐れだが、あんまり俺はあいつらに思い入れがねえ。だが、イオエにはいろいろと恩がある。それに、キトラが暴走した時に止められるのはイオエだけだ。俺たちの一族のためにも、死んでもらっちゃ困る。トールを止めなきゃな」

「その口ぶりだと、トールがどこにいるのか知っているみたいだ」

「知っているぜ」

ザジが自信たっぷりに嘯く。

「何故？　あなたもトールの仲間だからか？」

アルフレートが尋ねると、まさか！　とザジがせせら笑った。

「俺はトールが気に入らねえし、トールにとっちゃ、俺なんか石ころと同じだろう。手を組むにはお互いに信用がなさすぎる。手紙が来たのさ。キトラと……俺のところにもな」

「手紙？」

ザジが広げた羊皮紙には、大陸の公用語が几帳面に並んでいる。

「トールの奴からだよ。この手紙にはな、死者を呼ぶ器として、カイル・トゥーリ……お前をよこせ、と書いてある。キトラはお前にはそれを伝えなかっただろう？」

カイルが頷くと、ザジは楽しそうに笑った。

「だろうな。だからトールは、俺にも同じ手紙をよこした……。キトラが沈黙していたら、この手紙をお前に見せろ、とさ。あいつの能力、なんだか知っているか？　アル・ヴィースの四番目」

「いいや、知らない」

カイルが首を横に振ると、ザジが笑う。

「あいつは死者の念を一時的に蘇らせることができる」

「死者を……？」

「まあ、死にたてほやほやの奴の魂を縫い留めて、喋らせるくらいだけどな！」

それでも十分恐ろしい異能だ。カイルが目を見開くと、ザジは続ける。

「普段ならそれだけだ。たいして役に立たねえ。だが、今は——二十年に一度の、星のめぐりだ」

確かに二十年に一度の星祭には、亡くなった者の魂が還ってくるという伝承があるという。

「あいつ、昨日ティズを使って、面白い奴の怨念を喚び出していただろう？」

カイルは目を瞬いた。

ティズの声に重なっていた恐ろしい声の、主——

カイルはハッとして、ザジに問う。

「あの声を聞いて、カムイさんが蒼白になっていた。あれは、誰だ？」

「お前の親父さ……あの場所は二十数年前に前の長が殺されたところだ。はは、未練ったらしく、思念がこびりついていやがったらしい。トールがそいつを喚んで、依り代としてティズに降ろした――もう、気配はないがな」

　ザジは笑いながら話し続ける。

「あれを見たら……キトラもイオエもトールの本気っぷりがわかっただろうし、無視できねえわな。まさかの親父を喚び出されたら、立つ瀬がねえ」

「死者を召喚するなんてことが、本当にできると？」

　アルフレートが眉間にしわを寄せると、ザジは口角を吊り上げる。

「普段なら無理だ。だが、アル・ヴィースの人間がこんなにも集まっているうえに、今年は……百年ぶりに生まれた、黄金竜の卵があるっていうじゃないか？」

　カイルは弾かれたように顔を上げた。

　シュニヤの腹の下で守られていた、美しい卵を思い出す。

「黄金竜の卵を捧げると……」

　カイルは、ザジの言葉を引き継ぐ。

「死者を生き返らせることが、できる」

「死者と近い肉体を持つ者――器があれば、な」

　ザジは面白そうにカイルを指さして、締め括った。

　使者を生き返らせることができる男。魂が還ってくる祭り。死者を自らに降ろすことのできる巫女。百年ぶりに生まれる、黄金竜……

すべてが、揃っている。

「トールは、誰を生き返らせたいんだ？」

カイルの問いに、ザジは口を開いた。鋭い犬歯が覗く。

「そんなの、決まっている！　お前にもわかっているんじゃないか？」

カイルは目を伏せた。

そして、一音、一音、確かめるように——その名を口にした。

「ハヤテ・アル・ヴィース」

カイルの、長兄の名を。

◆

「お前も今のように、皆の前で笑えばいいのに」

いつかの夜、その美しい人は月の光に照らされながら、そう言った。

「私が、ですか？　私は今、笑っていたのでしょうか」

無自覚にそうしていたらしいことに気付いて、彼は自分の頬に触れた。

何がおかしいのか、主人はくすくすと笑いながら手を伸ばしてくる。

ひやりとした温度が好ましい。

「私のような者が笑っても、怒っても、そこに大した意味はありません、我が主」

そう告げると指は迷ったように逡巡したのちに、髪の毛に潜った。

「そんなことはない。お前は私の一番の気に入りだ。賢く、強い」

「……光栄です。我が王よ」

言いながら、胸のあたりが苦しくなるのを自覚する。

勿論、喜びでだ。

この美しく、強い人に頼りにされていることが何より嬉しく、誇らしい。生きる意味のすべてと言っていい。

――この人がいれば、それで自分の世界は完成している。ほころびなど何もないのだ。

いつか、この美しい人が父である暴虐の王を殺し――すべてを統べる日が来ることを疑いもしなかった。

「私はお前を一番頼りにしている」

だから、と主人は言った。

「もしも私に何かあれば、弟妹たちを助けてほしい」

いいえ、ハヤテ様。

私の力はあなただけのもの。あなたがいないのならば、ここにいる理由などないのです。

そう思っていながらも、主人がいなくなったあと彼の弟妹に仕えたのは、同じ傷を負っていると思ったからだ。

癒えることのない喪失の傷は常に血を流している。季節が巡るごとに彼らが主人を悼み、悲しむことで、僅かに生きることを許せる気がしていた。

——なのに。

途端に息が苦しくなる。

突如として現れた『人間』の姿に、苦しくなる。

イオエとキトラと笑い合う姿に胸が痛くなる。

呼吸ができずに喘ぐ羽目になる。

——かつて、あの方がそうしていたように、彼らに挟まれて笑わないでほしい。

似てもいない。似ても似つかないのに——

声を立てて笑うな。息をするな。存在するな。

キトラもイオエも……あの方を忘れてしまったことを、己に気付かせないでほしい。

——消さなければ、ならない。

そして、あの方を喚び戻して——あるべき世界を取り戻さなければ。

男は、空を見上げた。

星祭に相応しく、星は明るい。


「トール」

トールが目を覚ましたのは、夜半のことだった。

細い声に呼ばれて、顔を上げる。

古びた、今は使われていない礼拝堂の壁際で微睡んでいた間に、何か悲しい夢を見た気がした。

だが、それは忘れることにする。

夢は、夢だ。

意味がない。

「ティズ。私はどのくらい寝ていた？」

「ほんの一刻ほどです」

「……キトラ様から返答は？」

「水鏡で話しました。……イオエ様が死ぬならば、それまでだ、と。カイル様の身柄は渡せない、と……代わりに私たちを捜して、殺しに来る、と」

ティズは大したことはないというように微笑む。

ティズは同族の気配を辿るのに長けているが、同時に気配を消す結界をつくることについては魔族の中でも群を抜いている。

キトラといえども、この場所を探すのは骨が折れるだろう。

「そうか、巻き込んですまないな、ティズ」

「いいえ。私が望んだことです」

ティズはハヤテの恋人だった。ハヤテが生きていれば妃になっていただろう。

だから、このハヤテを蘇らせようという馬鹿げた計画を思いついた時に、彼女を引き込むことにした。一蹴され、キトラかイオエに報告されることを半ば覚悟して。

だが、ティズはいつものように困ったような顔をして――「あなたと同じ悲しみと罪を背負う」と笑った。

トールはティズの言葉に、冷静に頷いた。

「予測通りの返答だな。キトラ様は私たちを捜し出して殺そうとするだろう――」

それは織り込み済みだ。ティズは再び口を開く。

「……ザジからも返答が」

「なんと言っていた？」

「カイル・アル・ヴィースに、手紙の内容は確かに伝えた。カムイにも。あとは、好きにしろ。自分は知らない、と」

トールはふらりと立ち上がった。

獣人のザジには、この場所を伝えた。

彼ならばきっと、この場所を正直にカイルに伝えるだろうと確信していた。ザジはイオエに恩義がある。カイルとイオエを天秤にかけたら、迷いなくカイルを差し出す。

そしてカイルも……

「カイル・トゥーリだ。アル・ヴィースに四番目はいない」

歩きながらトールは口にした。ティズにではなく、己に言い聞かせるように。

あの半魔族の青年は来るだろう。

孤独だった人生に光を差した姉、兄の愛情に応えるために、無謀にもここに来るに違いない。

「早く、来い。人間――」

トールは歌うように言った。

「――そして、我が王の器となるがいい」

トールは寂れた礼拝堂を出て、空を見上げた。

夢の終わりと同じように。

星祭に相応しく、星は明るい。月は――

欠けることなど永久にないかのように、白く、丸い……

第五章　星は沈む

ひゅぅ、と雪が交じった風が横殴りに吹いた。

――寒いな、とカイルが呟けば、隣にいたキースもぼやく。

「いくら魔族とはいえ、死者が生き返るなんてありえねえだろ……そんなことができると、あのトールって魔族は本気で信じているのか」

カイルはどうだろうか、と考え込んだ。

「イオエの体調は心配だが、星祭の前に帰る」

アルフレートがそう宣言した翌日に、人間たちの一行は魔族の里をあとにした。

カイルは「イオエの体調が戻るのを確認するまでは帰りたくない」と駄々をこねたが、アルフレートが「魔族の内紛に巻き込まれてはいろいろと支障がある」と難色を示して、無理矢理連れ帰ることになった。

——ということになっている。

寒い、と文句を言いながら、キースが毛皮の襟を掻き寄せた。

キースを乗せてこの峰まで連れてきてくれたニニギが、ハムハムと頭を噛む。

『キース。かわいいこ。ちゃんと帽子もかぶらなきゃだめよ。風邪をひいちゃうんだから』

キースはじゃれてくるドラゴンにびっくりしつつも、カイルに促されて帽子をかぶった。

その帽子は、「星祭の数日は冷えるから、辺境伯領へ帰るまで使え」とイオエが貸してくれたものだ。純白の毛皮は雪兎のものらしく、軽いのに手触りがいい。

カイルは自身の外套を胸元で掻き寄せながら、寒さに首をすくめた。

カイルを乗せてくれたヒロイも身震いして、翼にたまった雪を落とす。

『お山って、寒いねえ……アルフレートのおうちよりずっと寒い……』

カイルはごめんな、とヒロイに額をぶつけた。

それから、純白の帽子と毛皮を着こなす幼馴染に苦笑する。

「俺にくれた奴より豪華なんじゃないか、その毛皮？」

「姫さんが、お前によく似合うから着ていけってさ」

「イオエはキースが気に入ったのかな」

金色の髪が珍しいだけではないだろう。この幼馴染が女性に人気があるのは昔から変わらない。

「お前に飽きて俺に興味津々だったたな。俺のことを根掘り葉掘り聞きたがったぜ」

「はは、そうかもな……痛」

嘯くキースにのんきに笑うと、肘でがしっと脇腹をどつかれた。地味に痛い。

「嘘だよ。ガキの頃俺たちがどんな暮らしをしていたかって、一日中聞かれたぞ」

「イオエに？」

カイルは、数日前イオエに過去のことを聞かれた際の表情を思い出した。

「嘘ばっかりつきやがって。馬鹿野郎。お前、『ずっと幸せだった』とか言ったらしいな？　どこがだ。毎日寒いし暑いし、腹は減るし、服はないし、あれのどこが幸福な生活なのか、夜通し問い詰めるぞ。見栄張るのもたいがいにしろ……あんなひもじい生活で俺たちよく育ったよな」

「ははは！　孤児院の鼠を食おうかと追いかけて空腹で倒れたこととかあったよな！」

「あれ食ってたら二人とも病気で死んでたよな、多分。……鼠のすばしっこさに感謝しかねえわ」

確かに、とカイルは苦笑した。歩くたびに、ザクザク、と雪が固められていく音がする。

カイルは襟巻で耳を覆いながら、昔に思いを馳せる。

孤児院は古く、壁の隙間からは冷たい風が吹き込んでいた。

寒い日はキースとカイルはくっついて体温を分け合ったものだ。

ずっと一緒にいてくれる幼馴染の横顔を見て、カイルは眉尻を下げる。

「……まるっきり嘘ってわけでもねえだろ。俺の人生のはじめの幸運は、爺ちゃんに拾われたことで……次の幸運はお前が傍にいたことだ」

「なんだよ、わかってんじゃん」

「少しは謙遜しろっての、ばーか」

背中を叩くと、キースがヘラヘラと笑う。カイルもつられて笑って、すぐに表情を引きしめた。

「巻き込んでごめんな、キース」

「お前のきょうだいなら、俺にとってもそうだ。助けないわけにもいかねえだろ」

「うん」

キースはなんだかんだと文句を言いながらも、カイルを見捨てずにいてくれる。ありがとう、と言うと、キースは軽く肩をすくめた。

「今度、晩飯奢れよ」

「ああ」

カイルが頷いてすぐに、キースは「おっ、こんな冬山にも花が！」と駆けていく。

照れ臭かったのか、と思ってカイルは苦笑しつつ、腕を組んだ。

「相変わらず、仲がいい」

少し離れたところにいたアルフレートが近づいてきた。

「アルフ」

意味なくうろついているキースを眺めると、アルフレートはふ、と笑う。

「あれでキース神官は少し拗ねていたようだから、今は私もお前たちがいちゃつくのには、目をつぶる」

「拗ねる？　キースが」

そんなことはないだろうと思うが、アルフレートは小さく首を横に振る。

「……お前に家族ができて、寂しいんだろう」

「そんな可愛げのある奴じゃないって。多分……それに、アルフは今更妬かないだろう？」

カイルがそう言うと、アルフレートはこれでもかというくらい目を見開いた。

「まさか！　いつでも嫉妬でどうにかなりそうだが……キース神官には辺境伯領にいてもらう必要があるからな」

「なんで？」

「お前にとって、キース神官は実家みたいなもの、なんだろう。彼がいなければ……喧嘩のたびに魔族の里にお前が帰ってしまう。それは辛い」

可愛らしいことを言う恋人に、カイルは思わず笑った。

「さすがに、そんなにすぐには魔族の里に足を踏み入れないさ」

「どうだかな」

「それに、アルフとは喧嘩もなるべく、しない」

カイルが言うと、アルフレートは周囲を一瞬見回してカイルの首の後ろを掴み、素早く口づけた。

カイルからも、それを返す。

「それは私も善処しよう。……なんであれ、お前の帰るべき実家をなくさないようにしないと、な」

「うん……」

アルフレートの気遣いにじんわり胸があたたかくなる。

だが、ここに来た目的を思い出し、カイルはきょろきょろと視線を巡らせた。

「彼は来たか？」

カイルの問いに、アルフレートがほら、と上を見る。

その先には、黒い毛皮を着た長髪の魔族——カムイがちょうど空中に現れたところだった。

彼は音もなく新雪の上に降りると、ゆっくりと立ち上がる。それから怪しげな風貌には似合わぬいつもの軽薄な口調でまくし立てた。

「もう！　私だけこっそり呼ばないでくださいよっ！　ばれたらキトラ様にもイオエ様にも、お仕置きされちゃいますよっ」

カムイは、ぷんすかと怒っている。カイルは小さく頭を下げた。

「カムイさん、来てくれてありがとうございます。……あなたしか俺の企みに賛同してくれそうな人がいなかったので」

「その心は？」

カイルは口の端を上げた。

「キトラとイオエ以外は、どうでもいい人だから」

カムイは一瞬真顔になり、ううむ……と唸った。カイルは続ける。

「あと、俺が危ない目に遭っても、冷静そうな人」

「それ、私がヒトデナシみたいに聞こえませんか？　ヒトじゃないですけど」

そんな冗談を吐くカムイに、やっぱり自分は見る目があったなと思う。

「俺とカムイさんの利害は一致するでしょう？　キトラがトールと会って厄介な取引をする前に、阻止したい。……俺も二人を助けたいのは同じなので、協力してください」

「……いいですけどね。ああ、キトラ様に里を追い出されたらどうしましょう……」

大袈裟に天を仰ぐカムイに、アルフレートが言う。

「安心してくれ、カムイ殿。私の護衛はいつでも人材不足だ。一定期間、人間の街で働くのもいい経験かもしれないぞ？」

カムイは「ええー」と悲鳴をあげた。

それを見たヒロイが、翼をバタバタと動かす。

『カムイ、アルフの護衛になるの？　なかよし、しよー。一緒の部屋で寝ようよ』

「勘弁してくださいよ、ヒロイ君！　私、ふかふかのベッドじゃないと眠れないんですからねっ！　それに人間の街は綺麗すぎて落ち着かないんですっ」

「じゃあ、尚更、俺に協力してもらわないと」

カイルはそう告げながら、視線の先にある洞窟を見つめた。

カイルたちを見つけたドラゴンが、ひらり、と舞い降りる。

——飛竜の、アスだ。

『アル・ヴィースの四番目。と……麓から来た、仲間。ここは、今、誰の許しもなく入ってはならない。何をしに来たんだ？』

アスの喉が細かく鳴る。威嚇音だ。

先日はシュニヤの友たるイオエが一緒だったから、黄金竜の傍に寄るのを許されたのだ。カイルとカムイだけでは会ってくれないのかもしれない。

「――イオエに関わることだと、シュニヤに伝えてくれ」

カイルの懇願にアスはグルルルと喉を鳴らして、しばらく威嚇を続ける。

牙をカチカチと打ち鳴らし、カイルとカムイの周囲でダンダン、と足を踏み鳴らした。

『こいつ、カイルをいじめる？』

背後にいたヒロイが威嚇し返そうとするのを、カイルは右手で制した。

「アス、頼む。……シュニヤの協力が必要なんだ」

『……シュニヤ……』

アスは背後を振り返ると甲高く嘶く。

すると呼応するように鳴く声がした。シュニヤだ。

『シュニヤが来いと言っている。だが、我々はお前たちを信用しない。……誰かを人質として置いていけ』

カイルたちは顔を見合わせた。キースが「ほい」と手を挙げる。

「キース」

「皆に竜のご加護を。……俺の金髪はここでは目立つんだろう？　だったら、俺は全部が終わるまで、ここで待っているほうがいい」

確かに、何かが起きてもキースならイオエ経由で救助してもらえる可能性が高い。カイルは頷いた。

アスに案内してもらい、シュニヤのいる洞窟に向かう。

黄金竜は穏やかな表情で一行を迎え、睥睨した。

『――よく来ましたね、カイル』

「シュニヤ」

黄金竜は瞼をゆっくりと動かして目を閉じ、それから――開いた。

「イオエが……」

カイルが言うと、黄金竜はゆっくりと首を巡らせて、洞窟の天井を見つめた。

その視線は洞窟を通り過ぎ、空をも見えるとでも言うように。

『イオエが今苦しんでいる姿は、私にも見えています。誰が、何をしようとしているのかも。……私の卵の一つを盗んだ男が、何を企んでいるのか、も』

「では、話が早い。あなたに俺を――そして、イオエを助けてほしい」

シュニヤはカイルの頼みにゆっくりと首を横に振った。

『私はここを動けません。……明日の星祭の日に、雛が孵ります。それまではここを動けない。雛が、死んでしまう』

カイルはいいや、と言った。

「あなたがここを動く必要はないんだ。ただ……俺に協力してほしい」

『……何をです？』

不思議そうなシュニヤの目を見て、カイルは続ける。

「あなたは俺に言った。俺の魂とドラゴンの魂が近い、と。……だから、教えてほしい」

カイルは一度大きく息を吸い、はっきりと告げた。

「ハヤテ・アル・ヴィースの魂を俺に降臨させる方法を」

黄金竜は沈黙し、カイルをその宝石のような瞳で、じっと見つめた。


カイルたちはシュニヤのいる洞窟を出て、再び飛竜に乗って移動し、先に進む。キースはアスたちと、カイルの帰りを待っている。

そして、カイルたちはとある建物の前に降り立った。

「トールからザジに来た手紙によれば、彼はこの礼拝堂にいるみたいですが……」

先にニニギから降りたカイルは神殿を見上げ、頭を振った。

頭が痛い。カイルはこめかみを指で揉む。ぴり、と痺れるような感覚があった。

「だ、大丈夫ですか？　カイル様ぁ」

「なんとか……カムイさん、あとは打ち合わせ通りにできますか」

「勿論」

大丈夫かなあと一抹の不安を覚えながら、カイルは振り返って右手を挙げる。

ヒロイに騎乗して来たアルフレートが「こちらは大丈夫だ」と合図を返した。

「さて……よろしくお願いしますっ」

カイルは目を閉じて、腹に力を込める。

「ほんっと、あとでキトラ様に怒って殺されかけたら、庇ってくださいよお！　怒られるのは好きなんですけど、死んじゃったら叱ってもらえなくなりますからねっ」

カイルが頷くと同時に、背中に衝撃が走る。

カムイに昏倒させられて、カイルは彼の腕の中に倒れ込んだ。

——ぴちょん。

次にカイルが目覚めたのは、額にかかる水音のせいだった。

薄目を開けると、ここは礼拝堂の中のようだ。

朽ちかけた祭壇の向こうで、白く美しい女神像が、崩れた壁の隙間から差し込む月の光に照らされて、仄かに光っている。

周囲を確認すると、見覚えのある黒い革靴が見えた。カムイのものだ。彼は、いらいらした様子で、誰かに喋っている。

「あなたの望み通り、彼を連れてきましたよ、トール。宥めすかして、気絶させて。さすがの私も良心が痛みます。さあ、カイル様と引き換えにイオエ様の解毒剤を渡してもらいましょう」

「……その人間を渡してもらってからだ」

「薬が先です、トール！　言っておきますがね。私はあなたを信用していません。まったく、ハヤテ様を蘇らせるために器が必要？　できるならやってみればいいんだ。そんな馬鹿げた試みのためにイオエ様を危険に晒すなんて、正気じゃない」

カムイのぼやきに、トールがくつくつと笑う声が聞こえてくる。

あの男でも笑うことがあるのか、とカイルは目に力を込めて焦点を合わせた。

「馬鹿げた、か……お前にとってハヤテ様はその程度の存在でしかなかった、ということだろう？　絶対の存在ではない」

カムイが鼻白む。

「キトラ様の兄上として、敬愛しておりましたよ」

「あの時亡くなったのが、ハヤテ様でなくキトラ様だったらどうした？　お前も私と同じことをしたはずだ……絶対を手に入れて、それを喪った者の気持ちは、お前にはわからない」

トールの言葉を、カムイがこともなげに否定する。

「あなたと同じことなんかしませんよお。……私はキトラ様が死んじゃったら、あとを追いますから。それにねえ、みすみす目の前で死なせるような間抜けな部下じゃないので」

なかなか熱烈な告白を聞きながら、カイルは冷や汗をかいた。

――交渉している最中に、相手を煽ってどうするというのか！

トールも呆れたように、大きなため息をついている。

「お前とお喋りを楽しむつもりはない。カイル・トゥーリを、ここへ。解毒剤は、あとだ」

「はいはい」

カムイに荷物のように乱暴に引きずられ、カイルはトールの前に差し出された。

「ティズ」

トールが呼ぶと、ティズが現れた気配がした。

カイルの身体は空中に浮き上がり、ゆっくりと、床の上に横たえられる。

その瞬間、ぶわり、と何か奇妙な力が背中から湧き上がってくるのがわかった。カイルを中心に円形の何かが、光る。

——呪いの文字で描かれた円陣だと理解した瞬間、ちょうど満月から光が差し込んで、カイルを照らした。

「古き友よ。月の欠片（かけら）を標（しるべ）として、還（かえ）れ。我が呼び声に応えよ——」

キィン——と、カイルの胸元にあたたかな光が触（ふ）れるのがわかる。

同時に、細かく地面が震え、耳鳴りがする。

「友よ、汝（なんじ）の名を答えよ」

カイルの唇が動く。

「私の名は、アル・ヴィース。ハヤテ・アル・ヴィース……」

やがて、光はカイルの身体に吸収されていく。

光をまとったままカイルが上体を起こすと、おそるおそるティズが近づいてきた。

「……成功、したの？　……ハヤテ様。私が誰だかわかりますか？」

カイルは表情を崩さないまま、彼女に言った。

「……知っている。君は私と最も近しい人だ……可愛い人」

ティズのことをハヤテはそう呼んでいた、という。

カイルが手を伸ばすと、ティズは歓喜してカイルの胸に飛び込みかけ、はっと動きを止めた。

「違う……違うわ。あなたはハヤテ様じゃない。だって、ハヤテ様なら私を『君』だなんて他人のように呼ばないもの……っ」

逃げようとしたティズの腕をとって、ひねる。

きゃ、と叫び声をあげたティズを羽交い締めにし、首筋に短刀を突きつけて、叫ぶ。

「そこまでだっ、トール！　ティズと引き換えに解毒剤をもらおうかっ！」

喋ることができないように彼女の細い首に腕を巻きつけて絞める。ティズは鋭い爪でカイルの腕をひっかいたが、女の力では敵わない。

「チッ」

鋭く舌打ちしたトールの影に獣化したカムイが飛びかかるが、彼はすんでのところで躱した。

「一度目の儀式が失敗したとしても、何度でも繰り返すぞ、器よっ」

体勢を立て直したトールが爪を鋭くして、カイルに飛びかかろうとする。

――カイルは大声で呼んだ。

「アルフレートっ！」

「カイル、頭を下げろっ」

アルフレートの指示のままにカイルは後ろに倒れ込む。その頭上をヒュンッとなる弓矢が飛んで――次の瞬間、低い呻き声とともに血のにおいが漂う。

アルフレートの矢が、トールの肩に刺さったのだ。

「……う、ぐっ……」

カイルの腕の中でティズが苦しげに呻く。カイルは「悪い」と謝って彼女の鳩尾に拳を叩き込んだ。

黄金の瞳を瞬いてトールに対峙するカイルの頭に、厳かな声が響いた。シュニヤだ。

『気を付けてくださいね、お二人とも。トールは空間を転移できます』

「血のにおいと、気配でわかる」

アルフレートが弓矢を背中に戻し、剣を抜く。カイルもそれに倣った。

トールがカイルを睨み、アルフレートが庇うようにカイルの前に立つ。

トールはカイルを凝視し――ギリ、と歯ぎしりをした。

「その目はどうしたのだ、カイル・トゥーリ……」

カイルは黄金の瞳を再び瞬く。

カイルの紅色の瞳は色を変えて、月を溶かしたかのような金色に変化しているのだ。

カイルは、ゆっくりと口を開いた。

「イオエと――ハヤテの友人に力を貸してもらったのさ」

「友人、だと？」

よろめくトールに向き直り、カイルは剣を構え直す。

口から己の者ではない声が転がり落ちた。

『あなたに会うのは久しぶりですね、トール。昔はハヤテとともに、私のもとへ来ていたのに』

トールは目を見開いて黄金竜の名前を呼ぶ。

「……シュニヤ……」

『私の卵を殺して、ハヤテの魂を汚す。——それは二重の裏切りです』

カイルの口から出るシュニヤの声に、怒りはなかった。

ただ、乾いた悲しみだけがある。

「トール。あんたは俺をハヤテの器にすると言ったな」

魔族の男は血が流れる肩を押さえながら、上目遣いにカイルを見た。

「だけど今の俺を器にすることは、無理だ。器に余裕がなければ、魂は溢れて、入ることができない」

シュニヤは以前、カイルの魂はドラゴンとよく似ている、と言った。

そして、カイルが乗せることができる魂は一つだけ、だと。

「だから、あらかじめ……シュニヤの魂と一緒に来た。だから、ここにハヤテの魂を喚んでも、俺に……彼の魂が入り込む隙間はないんだ」

カイルの説明に、トールは息を止め、ややあって、顔を歪めた。

「——フハハハハッ……人間のくせに、黄金竜までたらし込むとは！　さすがはアル・ヴィースの血筋と言うべきでしょうか、カイル殿っ！　だが——認めない。キトラ様が笑いかけるのも、イオエ様が甘えるのも、あなたであってはならない。あの方のあるべきだった居場所を——お前が奪うことは、許さないっ」

飛びかかったトールの爪を、アルフレートが薙(な)ぎ払う。

トールはアルフレートを避けると、憎々(にくにく)しげにカイルを見た。アルフレートの長剣がかすめたのだろう。トールが動くたびに、血がぼたぼたと零れていく。

カイルは物悲しい気持ちで、トールにひた、と視線を据(す)えた。

「あんたは間違っている。トール」

「……私が？」

眉根を寄せたトールに、カイルは淡々と続ける。

「俺がハヤテの代わりだから、兄さんや姉さんが俺によくしてくれているわけじゃない。あんたのほうがハヤテを蔑(ないがし)ろにしている。俺がハヤテと似ていないことくらい、あんたが一番わかっているはずだ。ハヤテは唯一の人だ。今も昔も。……キトラもイオエもハヤテを大事にしたまま、俺の居場所を増やしてくれただけ、だ」

血が滲(にじ)む肩が痛むのか、トールの顔が、苦しそうに歪(ゆが)む。

そして円陣の中で片膝(かたひざ)をついて、呻(うめ)いた。

アルフレートが無言で剣を首に突きつける。

「そろそろ矢に塗った毒が効いてきた頃じゃないのか。……死にはしないが、痺(しび)れて動くのが辛(つら)いはずだ」

「……辺境伯ともあろう者が、矢に毒を仕込むとは。……こざかしい真似をする」

トールの嘲りをアルフレートは一蹴する。

「私は弱い。君たちと違い、ただの人間なのでな。姑息な手だろうと、目的のためにはなんでもする。死者のために、そして死者に囚われた者のために、恋人を喪うのはごめんだ」

カイルは剣を鞘におさめると、トールに声をかけた。

「イオエのために解毒剤を渡してくれ。婚約は、お互い本意でなかったとしても——あんたとイオエはまるっきり不仲というわけではなかったんだろう？」

お互い冷たいようでいて、気を遣い合っているのはカイルにもわかった。

「誰しも熱に浮かされて道を誤ることはある。今なら引き返せる。……イオエは重篤な状態ではないし、俺は死んでいない。カムイさんがとりなせば、キトラの怒りもある程度はおさまるかもしれない」

カイルの説得を、トールが鼻で笑った。

「あなたは真実、おめでたい方だ。キトラ様のことを何もご存じない。……あの方がどれだけ残酷で残虐な魔族なのか知ろうともしない。いいや、それとも目を背けているのか？　……キトラ様が私を許す？　あり得ない。姉と弟を傷つけた。その事実だけで、もはや私の命はない」

視界の端で獣の姿のカムイが、くぅんと鳴いてカイルを見た。

これについてはトールと同意見なのだろう。そういえばザジにも似たことを言われた。

「――しょせんは人間だ。魔族の価値観はわからない」

トールの突き放すような口調は、カイルには苦く響く。

今までさんざん人間の社会で魔族だと忌避（きひ）された己が、今は人間にはわからない、と拒否される。

だが、境界にいる者だからこそ、見えることもあるはずだ。

「そうだな。確かに、俺はキトラやイオエと価値観を共有できないし、真の意味で理解し合うこともできないかもしれない。でも……大事に思い合うことは、できるよ。それに、彼らが大切にしているものを俺も大切にしたい」

イオエとキトラのトールへの態度には、確かに親しみと信頼があった。

彼を罰したくはないのではないか。

「あんただってそうだ。二人にとってあんたは大切な人のはずだ。その関係を……こんな終わり方はさせたくない」

トールの喉（のど）が呻（うめ）くように鳴り、笑い声が零れた。

「なるほど、あなたは善人だな。あなたの世界は美しくできている、カイル・トゥーリ。だが、私は理解しない。理解など、永遠にしたくもない――私には不要なものだ」

トールの右手が胸元に忍び込む。

月の光に何かが煌（きら）めくのを認めて、カイルは叫んだ。

「――アルフっ！」

合図よりもアルフレートが動くのが、一瞬早かった。アルフレートは素早く横に避ける。

一瞬の差でアルフレートのいた場所に短刀が飛んでいき、石の床に落ちる。

トールは再びカイルとアルフレートに襲いかかり——は、しなかった。

トールは尖った爪を自身の肩口の傷に突き立てて、抉る。

「っ……カイル様！　辺境伯、下がってくださいっ！」

ヒトの姿に戻ったカムイが叫ぶ。アルフレートがカイルの腕を掴んで、トールと距離を取った。

バランスを崩したカイルを、アルフレートは腕の中に抱きかかえる。

「……っ」

「行くな、危険だ」

トールに駆け寄ろうとしたカイルを、アルフレートが留める。

その瞬間、暗い笑い声が響いた。

「もう、すべてが遅い——」

ゆらり、と立ち上がったトールの身を飾るのは、飛び散った血のような色だった。

まとわれた赤と黒の色彩は、彼の狂気に満ちた存在を縁取る。

——いいや、違う。彼を取り巻いているのは、焔だ。

滴る血液を燃料に、ゆらりと焔が立ち昇っている。

——彼の血を媒介にした焔はまるで生き物のように魔法陣に刻まれた文字と模様を舐め、トールを取り囲んだ。

「何をするつもりだ？」

カイルの呟きに、カムイが汗を拭（ぬぐ）いながら答えた。

「あの馬鹿――自分を媒介にハヤテ様を喚（よ）び出す気ですよっ」

燃え盛る焔（ほのお）の中で、トールはいっそ恍惚（こうこつ）とした表情で天井を仰（あお）ぐ。

魔法陣を中心に、烈風が巻き起こり、轟（ごう）と焔（ほのお）が立ち上った。

火花が礼拝堂の四方に散って、カイルたちはその熱さにたまらず顔を背（そむ）ける。

すると、月光が――焔（ほのお）の熱さを鎮（しず）めるかのように、まっすぐにトールの身体に差し込んだ。

男の低い声が、揺らめく焔（ほのお）の合間を縫うようにして礼拝堂を支配していく。

「……古き友よ。月の欠片（かけら）を標（しるべ）として黄金の糸を辿り、ここに、還（かえ）れ。――我が呼ぶ声に応えよ」

「やめっ――」

「愚（おろ）かなっ」

カイルの叫び声も、カムイの制止も、最早（もはや）届かなかった。

「――友よ、汝（なんじ）の魂（たましい）をここに示せ」

恍惚（こうこつ）とした声に呼応して、光が爆発する。

「……カイルっ！」

アルフレートが庇（かば）うようにカイルを抱き込み――白い光で、あたりが満たされた。

「……カイル」

耳元で名前を囁（ささや）かれ、カイルは薄目を開けた。

「……うっ……」

礼拝堂の壁際で、アルフレートがカイルを抱きかかえて心配そうに顔を覗き込んでいる。

一瞬、爆発で吹き飛ばされた衝撃で、意識を飛ばしていたらしい。

「大丈夫だ。背中を打っただけ。アルフは？」

「私も擦(かす)り傷程度だ」

「……トールは」

カイルは静まり返った前方を見て――息を呑んだ。

トールが魔法陣の中心で、蹲(うずくま)っている。

黒かった髪が、炭化したのか白くなっていた。なんて惨(むご)いと思いかけて、カイルは動きを止めた。

いや、違う。

白いのでは、ない。

――月の光を弾(はじ)いて光る、その色は――ぎんいろ。

「アル・ヴィースの……」

カイルが言い終えるよりも早く、歓喜の声が響いた。

「――ああっ、ああっ！　ハヤテ様っ！」

気を失い、カムイに縛られていたはずのティズが叫ぶ。

さきほどの衝撃で、手を縛っていた縄がちぎれたらしい。

「ティズ、待て――」

カイルの手は振り払われ、黒髪のたおやかな美女は恋人の胸に飛び込んだ。

「……愛(いと)しい人。今日のお帰りをどれだけ待ったでしょう、ああ……」

ティズはうっとりとその青年にしがみつく。

人形のように表情を喪(うしな)った青年はティズに気付いて、ふらりと立ち上がった。

月光を集めたような頭髪は銀。褐色(かっしょく)の滑(なめ)らかな肌に、まるで夕暮れを写し取ったかのような両の双眸(そうぼう)。そして、その美貌(びぼう)……

カムイが呆然と呟いた。

「ハヤテ様……」

ハヤテ・アル・ヴィースは、胸の中に飛び込んできたティズを見つめた。

彼がティズの顔を両手で包むと、彼女はその手に己の白魚(しらうお)のような手を重ねた。

「ああ……お会いしたかった！　どんなにこの時を待ったでしょう、あなた」

「……ティズ？」

「ええ、そうです。ハヤテ様」

ハヤテは指でそっと彼女の頬をなぞり、首筋に触(ふ)れた。そして穏やかな声で問う。

「――ああ、ティズ。可愛い人、お前だね。私を眠りから覚ましたのは」

ティズが頷く。ハヤテは目を細めて、恋人を覗き込んだ。

片割れが死人でさえなければ、美しい男女の、目を奪われるような光景だった。

ハヤテは見惚(みと)れるような美しい笑みを浮かべて、そのまま――一気にティズの喉笛(のどぶえ)を裂(さ)いた。鮮血が、噴(ふ)き出す。

「ティズ……っ」

駆け寄ろうとしたカイルを、アルフレートが止める。

「行くな。もう……無理だ」

ティズは地面に倒れて自分の流した血で美しい黒髪を汚しながら、僅(わず)かに痙攣(けいれん)した。無表情で見下ろすハヤテに手を伸ばし、口を開く。

彼女はひゅーひゅーと空気が抜けるような音が漏れる口元を、笑みの形にした。

「おあい……できて……うれし……」

そして、そのまま――事切れた。

血だまりに足を浸(ひた)しても微動だにしないハヤテを見つめる。

カイルたちもその場に縫いつけられたように、身動きができない。

カイルの頭の中で、悲しげな声が響いた。

『――カイル……あれは、ハヤテでは、ありません』

「この、声は？」

アルフレートが不思議そうにカイルを見る。カイルは答えた。

「シュニヤだ。アルフにも聞こえるか？」

「ああ」

どうやらシュニヤが、皆に思念で話しかけているらしい。

カイルも納得して、頭に響く彼女の声に尋ねる。

「ハヤテ、ではない？」

『……そもそも、儀式で呼び出せるのはハヤテの思念だけ。なれど、トールは血でハヤテの魂(たましい)を汚(けが)しました。トールの亡骸(なきがら)にはハヤテのものだけでなく、様々な魂(たましい)が……無念の思いが入り込んでいる』

「じゃ、じゃあ、あのハヤテ様はなんですか！　偽物ですかっ！　確かに、全然性格が違ってて、まるでキトラ様みたいに獰猛(どうもう)ですけどっ！　どうすりゃいいんですっ」

狼狽(うろた)えながらカムイが尋ねると、黄金竜は沈黙した。

『魂(たましい)は、星に還(かえ)すしかない――』

シュニヤの呟きに、カイルは剣の柄(つか)に手をかけた。アルフレートも剣を構え直す。

ハヤテの能力が何かはわからないが、このまま片をつけるしかない。

カイルたちの殺気に気付いたのか、ハヤテはゆっくりと首(こうべ)を巡らせた。

「……人間？　何故、この里に人間がいるのだ……」

血管の浮いた手に、ハヤテが力を込める。メキメキと音を立てて、爪が伸びた。

「私の許可なくっ！　この地に立ち入るなっ！」

カイルめがけてハヤテが飛びかかる。カイルは後ろに飛び退(しさ)った。胸元を鋭(するど)い爪が抉(えぐ)ろうとした直後、乾いた金属音がする。

何かにひるんだハヤテの腕を、アルフレートの剣が横に薙(な)ぐ。

だが、アルフレートが斬ったと思ったのは残像で、ハヤテは素早く後ろに飛びのいていた。

「カイル！　大丈夫かっ」

駆け寄ってくるアルフレートに、カイルは問題ない、と手を振る。

衣服は破れているが、爪はかすっただけで大した傷にはなっていない。

だが、と胸に手を当てる。

そこには、鋭利な刃物で切られたかのような、銀鎖があった。

――キトラからもらった紋章が、ちぎれている。

ハヤテは掴み取った紋章を見つめ――呆けたように、取り落とした。

カン、カンカンと乾いた音を立てて、紋章が床を転がる。

「……きとら、の紋章？　どうして、ここに？」

カイルは呆然としたハヤテの表情に、顔を歪めた。

シュニヤは、言った。トールが呼び出したのは思念に過ぎない、と。

ならば何故、目の前の魔族の男はこんなふうに傷ついた、悲しげな顔をするのだろう。

カイルは、悔いた。

トールの企みを阻止することができていたら、ハヤテにこんな表情をさせずに、済んだ。

ハヤテは紋章を拾い、それから――血の海に横たわる女性に気がついた。

「……ティズ……？　どうして、お前が……？　……これは、どういうことだ……何故、こんな……っ、私は……何故、ここにいる？」

ハヤテが我を失ってティズを抱き起こすが、白い腕はだらりと力なく床に落ちる。

カイルは、ハヤテに語りかけた。

「ハヤテ・アル・ヴィース」

カイルの声に、びくり、とハヤテの身体が反応する。

「……その紋章は、キトラから俺が譲り受けたものなんだ……あなたの、弟のものだ」

ハヤテの赤い瞳がカイルと交わる。

彼の瞳は、キトラともカイルとも、少し違う。

金色が混じったような、夕暮れの太陽みたいにあたたかい色だ。

「あなたが亡くなって、もう、ずいぶん経つ……ティズはずっと、あなたの帰りを待っていたんだと思う」

ハヤテは恋人を抱きしめて、天井を仰いだ。そして、笑う。

「ああ、そうか……今宵は星祭の……」

カイルは剣を構え直した。

「――あなたは、ここにいてはならない存在だ」

「……ダマレ、ニンゲン、フゼイガ……っ」

先ほどの穏やかな様子が嘘だったかのように、ハヤテが低く唸る。

眼球すべてが赤く染まり、牙のように歯が伸びる。

ハヤテは再び低く唸り、がりがりと地面を掻きむしって悶絶しはじめた。ゼイゼイと荒い息を繰り返す。

『カイル……お願いです。彼の思念を安らかにさせてやってください』

シュニヤの言葉に、カイルは頷く。ハヤテが、ぴたり、と動きを止めた。

こちらを見る視線には、理性が戻っている。

「……人の子よ。私の見苦しい姿など、誰にも晒したくはない。私は死者だ。死者は空に還るのが倣い。——愛しい恋人を胸に抱いて、今度こそ眠りにつこう……頼む」

「……キトラと、イオエがあなたに会いたがっていた。何か、伝えることは？」

カイルが問うと、ハヤテが微笑む。

穏やかに。綺麗に……

「何も。言うべきことは、すべて、彼らには伝えてきたから」

下唇を噛んで、覚悟を決めたカイルの前に、アルフレートが立った。

「アルフ？」

「下がっていろ、カイル・トゥーリ。彼を屠るのは私の役目だ」

そんな、と言おうとするのを、アルフレートは目線で制した。

「たとえ、彼を安らかに送るためだとしても。ここにいるハヤテが思念に過ぎないとしても。イオエやキトラは……きっと、実行者を恨む。その対象はお前であってはならない。そして、お前は一生悔やむだろう。——それは、ならない」

反論しようとしたカイルの腕をカムイが掴む。

振り向くと、いつになく神妙な顔でカムイが首を横に振った。

アルフレートがゆっくりと、ハヤテに近づく。

ハヤテは宝物を扱うような柔らかな手つきで、ティズを抱き寄せた。そして安堵したような表情で、アルフレートを見上げる。

目を逸らすな。

カイルは己に、命じた。

すべてを受け入れた、兄と——カイルのために、その兄を殺す恋人から、目を逸らしては、ならない。

ふと、風に乗って音楽が聞こえてくる。

ハヤテが懐かしそうに目を細めた。

「星祭の時期は、空気は澄んでいるから音楽が里中に響く。里は今日も平穏なんだな。……ああ、懐かしい我が故郷よ。歌い手は誰だろうか。……イオエの歌が聞きたいな」

「……っ」

隣でカムイは目を背け、カイルは歯を食いしばった。

こらえきれない涙が頬を伝って、滑り落ちる。

「……優しい人の子よ。君の名が知りたい。教えてくれないか」

視線の先にはアル・ヴィースの紋章がある。

逡巡のあとに、カイルは、涙を拭って、言った。

「カイル・トゥーリだ。里を訪れた異邦人、ニルス王国に生まれた半魔族。北の孤児だよ」

ハヤテが微笑む。

アルフレートが利き手に力を込めた。

「カイル」

会うはずのなかった死せる兄の優しい声が、カイルの耳朶(じだ)を打つ。

「よき名前だな。……そして、お前はいい子だ」

沈黙したハヤテの頭上に剣が掲(かか)げられ、煌(きら)めく。

それが、ハヤテ・アル・ヴィースの思念が遺(のこ)した——最後の言葉になった。


「やはり、お前たちがここにいたのか」

数刻ほど経って、カイルたちがトールとティズの遺体を清めて並べていると、声が聞こえてきた。

「……キトラ」

キトラはカイルの破けた衣服と、返り血を浴びたアルフレートを眺める。

「辺境伯領に戻ろうとしたところを、トールとティズに襲われた。応戦し、私が二人を殺した。この剣で」

アルフレートが剣を抜き、柄(つか)の部分をキトラに渡そうとする。

「アルフ」

彼の行為に、カイルは目を見張った。

剣の柄(つか)を渡すのは、ごく親しい間柄(あいだがら)でしか行(おこな)わない行為だ。そのまま斜めに斬られても、防ぎようがない。だから、相手を信頼しているという意味で行われるのだが……

キトラはトールの傷跡と、それからティズの無惨な首の痕を見た。ティズのそれは、明らかに剣の痕ではない。だが、キトラの表情は動かない。

「そうか――応戦した結果ならば仕方がない。だが、ここにいるのは辺境伯ではなく、単なるアルフレートなのだろう？　……であれば、部下の勝手な行動については、謝罪しない……だが、客人が受けた手傷は我が屋敷で癒そう」

キトラはそう言いおいて、二人の前に膝をつき、虚空を見つめている男女二人の瞼を閉じさせた。

「女神の御胸にて眠るがいい。いつか、私もそこに行く。……それまで、ハヤテに仕えてくれ」

キトラは珍しく大人しいままのカムイをちらりと見た。

「カムイ。もう少し待てばミツハたちがここに来る。二人を丁重に連れ帰り、荼毘にふせ。いいな？　そうすれば今宵のお前の勝手は大目に見てやる」

「御意」

カムイはふざけることなく、恭しく頭を下げた。

カイルは視線を落として、手の中の紋章を握り込む。キトラがそれに気付いてカイルの手を取った。

「……紋章をどうした、カイル」

「切れてしまった」

「そうか。私が直してやろう。さあ、一度城に帰るぞ。その姿で戻るわけにはいくまい」

カイルは頷き、アルフレートも従う。

朽ちかけた礼拝堂を一歩出ると、太陽の光が雪に反射して、闇に慣れた目をじわりと焼く。

――白々と、長かった夜が明けようとしていた。

星は昇り。

夜空を照らし。

やがて、落ちて。

また巡る――


煌びやかな衣装をまとった男女の巫たちが、白い装束で舞っている。

高い声で女性が歌い、その周囲を幾人もの魔族たちが舞う。

空は静か、ヒトはざわめき、巡る星を思う。

舞を満足げに眺めた魔族の王は、高らかに銀の盃を掲げ、観衆に宣言した。

「近しい魂が今、ここに戻った！　――皆、思いを交わすがよい」

わあっと歓声があがり、それまでの静寂が嘘のように、星祭が行われている礼拝堂は喧騒に包まれた。

それを合図に酒や食事が次々に運び込まれ、観衆はそれに群がる。

「こーなると長いんだよなあ。皆朝まで飲むんだ」

バシクがヒトの姿のまま呻いた。

ある者は歌い、ある者は酒を食らい、ある者は殴り合っている。狂乱と言っていい。

「死人が出るのも珍しくないからな、祭りで」

「野蛮だよなあ」

キースが感心すると、バシクは「お前が言うな」と呆れた。

カイルはバシクを覗き込みながら尋ねる。

「そのぅ……ザジの怪我は？」

「一発俺とやんない？」とキースの寝込みを襲おうとしたザジは、「我が睡眠を妨げる者、万死に値する」というキースの座右の銘により、丁寧に半殺しにされている。カイルとしては早い復帰を願うしかない。

申し訳なさでいっぱいなカイルとは反対に、キースは軽く言った。

「悪い、悪い。バシクちゃん、今度ザジに謝っといてよ」

「いーけど、あ、肉取りにいこうぜ、キース」

「よしきた」

なんだかバシクとキースの間には奇妙な友情が生まれたらしい。

「俺たちもいろいろ見に行こうぜ、アルフ」

「そうだな」

カイルがアルフを誘うと、彼は笑ってついてくる。

人間が三人も交ざっているのだが魔族たちはそれに気付く様子もなく、思い思いに祭りを楽しんでいる。

ふわり、と漂ってきた花の香りにつられて、カイルは視線を動かした。

長い黒髪の女性が軽やかに駆けていく。

その先には背の高い男性二人が待っていて、笑って彼女に手を伸ばす――そして……

ただ一点を見つめるカイルに、アルフレートは不思議そうな顔をする。

「……カイル？　どうした？」

「……いいや、なんでもない。人違いだった。さ、アルフ。せっかくだし、魔族の里の食べ物を楽しもうぜ。俺、結構詳しくなったんだ――」

星祭の、夜は更けていく。

第六章　竜たちの還る処

「姉君が元気になって、よかったな」

星祭が終わった翌日、カイルもアルフレートも傷を治癒してもらい、今度こそ本当の帰り支度を終えていた。

城の外に出て、外套を着込んだカイルはうん、と頷く。

イオエの身体に巣食った毒は、侍女が持っていた解毒薬によって中和することができ、事なきを得た。

ティズは、仲の良かった侍女に伝えていたらしい。

「私からイオエ様への贈り物だから、星祭の日に渡してちょうだい。珍しい二色の花からとった薬だと、そう伝えて。きっとイオエ様ならおわかりになるから」

ティズがイオエを裏切ったことなど露ほども知らない侍女は、体調不良のイオエを励まそうと、そのことを伝えた。

――その時にはすでに、この世にもう、ティズはいなかったが。

「ティズは、イオエを傷つける気なんかなかったのかな。そして、トールの計画がうまくいくとは思っていなかったのか……」

死者の気持ちは生きている者が勝手に推察するしかないが。

カイルはティズの満足そうな最後の言葉を思い出した。

たとえ思念だけだとしても、彼女は死した恋人に会いたかったのではないか。

そして、本当は、あとを追いたかったのではないか……

――絶対を手に入れて、それを喪った者の気持ちは、お前にはわからない。

トールの言葉を思い出して、カイルは瞑目した。

二人とも、本当は……ただ、会いたくてたまらなかっただけなのかもしれない。

愛しくて、どうしようもなくて、会えなくて。

辛い日々に終止符を打ちたかっただけなのかもしれない。

「アルフ。もし、さ」

「うん？」

「アルフが寿命より、ずっと早く、俺を遺(のこ)して死んだら……」

縁起(えんぎ)でもないことを言うな、とアルフレートは言わなかった。

黙って耳を傾けている。

「俺は、きっと抜け殻(がら)みたいになって、毎日死にたいって思うだろうけど。……俺はあとを追わないし、その方法があったとしてもアルフを蘇(よみがえ)らせようとも、しない」

「そうか」

「その代わり、アルフが笑って迎えに来てくれるような、あなたに恥じない生き方をする」

アルフレートが目を丸くした。

「だから、アルフレートもそうしてくれ。……俺に何かあっても、絶対自暴自棄(じぼうじき)にならないって。そうならないように、危険から遠ざかるようにするし……悪意から身を守ることも覚えるから」

「本当かな？」

「信用してくれよ」

渋い顔をしながらも、アルフレートがカイルに口づけた。

啄(ついば)むようなそれは簡単に離れる。蒼い瞳に慈(いつく)しまれて、カイルは苦笑した。

「信用ならない。お前は今回も結局死にかけただろう」

「……それについては、アルフも同意しただろ……！　悪かったと思ってるよ」

カイルはアルフレートに謝りながら、数日前のことを思い出す。

イオエに毒を盛ったあと、トールはアル・ヴィースの姉弟に手紙を出していた。

『ハヤテの器としてカイル・トゥーリを差し出せ』という取引の手紙だ。

イオエもキトラも手紙の要求を無視したが、それをあらかじめ見越していたトールは、ザジに同じ内容の手紙を渡していた。

カイルが、アル・ヴィースの姉弟のために、己のもとに来ると確信して。

「それに今回は、勝算なしに無茶したわけじゃなかったし」

イオエを助けにトールにもとへ行くと言ったカイルを、当たり前だがカムイもキースも無茶だ、と止めた。だが、カイルは思い出していた。

『あなたの魂は特殊な形をしていますね。……ドラゴンの魂とも形が似ている』

『乗せることができる魂は、一つだけ。……そのことを覚えておいて。ひょっとしたら近い将来、あなたを助けるかもしれませんから』

そう、シュニヤが言っていたことを。

カイルはドラゴンの身体に己の魂を同調させることができる。それならば、逆もできるのではないか——そして、あらかじめ己の中にドラゴンの魂を入れておけば、自分にハヤテの魂を入れる余地がなくなるはずだ。

その状態で器として来たように見せかけてトールとティズのもとに行けば、彼らの思惑は叶わず、二人を捕らえられれば解毒剤を手に入れられるのではないかと。

カイルの考えた策は可能だと、シュニヤは言った。

だが、カイルの魂が傷ついたのと同様に、ドラゴンも無闇に魂を移せば疲弊してしまう。だが、黄金竜は肉体だけでなく、魂も他の竜より強靭なのだという。

そういうわけでシュニヤがカイルの中に入ることになり、同化に成功した。

アルフレートは最後まで難色を示していたが、目の前でカイルの身体の中にシュニヤの魂が入ってもカイルに負担が少ないのを確認して、渋々、手伝ってくれたのだった。

「今後は、誰かに憑依するのもされるのも禁止だ。――誰が危なくなっても、お前が損なわれては意味がない。いいな？」

強く抱きしめられて、カイルは苦笑した。

「もうしない。本当だって」

アルフレートは腕を振り払わぬまま、無言でカイルのつむじにキスを落とす――と。

「私の目の届くところでいちゃつくのは禁止、と私は言わなかったか！」

「イオエ」

不機嫌な声に振り返ると、イオエがキースを伴ってそこにいた。回復が順調なのか血色がいい。

その肩には、ぴぃ！　ぴぃ！　と鳴く小さな生き物がいる。

『まあ！　あかちゃん、可愛いのねえ』

『きんいろの赤ちゃんだ』

ニニギとヒロイが鳴き声を聞きつけてぴょこぴょこと近づいてくる。

二頭が顔を寄せると、雛たちは辺境伯領の飛竜たちをシャーッと可愛らしく威嚇した。

「シュニヤの雛が孵ったんだな！」

カイルもイオエのもとに行くと、二匹は顔を見合わせて羽ばたき、カイルの両方の肩に乗った。

しきりににおいを嗅ぐので、カイルは笑って雛たちの首筋を撫でる。

雛たちは心地よさげに目を閉じた。

キースが呆れる。

「お前、本っ当に無駄にドラゴンに好かれるなあ」

「無駄じゃねえ……人生においてむちゃくちゃ大事なことだろうが」

「この竜ばかが」

イオエが二人の様子を笑う。困った弟たちだ、とでも言うように。

「……シュニヤが言っていた。この子たちは人の世界に馴染むだろうと。もう少し大きくなったら辺境伯領に連れて行ってやる。……その時にこいつらが嫌がらなければ、お前が騎乗するといい」

その言葉に、ニニギが目を丸くする。

『カイルは私が乗せているのに！　浮気だわっ！』

「ニニギ、お前にはユアンという名の夫がいるのだろう。弟と二股をかけるのは、よくないぞ？」

『……ええー。でも私、ふたりとも、えらべないのよ……』

イオエがニニギを諭しながら頭を撫でていると、キトラがカムイを伴ってやってきた。

「見送りにくるのが遅かったんじゃないっすか、おにーさま」

キトラが「誰がお兄様だ」と悪態をつき睨んだが、キースは口笛を吹いて視線を逸らす。

「寝坊して遅れた」

真偽のほどはわからないが、あまりに偉そうに言い放つ姿にカイルは笑ってしまった。

この兄の尊大な物言いを可愛いと思ってしまうのは、どうかしているだろうか。

「夢見が悪かったとか？」

キトラはふん、と鼻を鳴らす。

「――兄の夢を見た」

「キトラ」

カイルが兄の名を呼ぶ。すると、彼はカイルを引き寄せて、自分の額をこつん、と押しつけた。

カイルにだけ聞こえる声で、キトラは囁く。

「お前のことを紹介しておいたぞ、弟」

「……うん」

「いい名前だと、褒めていた」

――よき名前だな。……そして、お前はいい子だ。

耳に残る優しい声を思い出す。

トールが自身にハヤテの魂が宿したことも、カイルがハヤテと会話を交わしたことも、キトラには話していない。

あの時、実は……と打ち明けようかと逡巡して震える唇を、キトラの優雅な指が阻止する。

「ハヤテは星祭に合わせて、帰ってきたんだろう。だからいい……。それで、いいんだ」

……そういうことに、すると決めたのだ、お互い。

「俺もハヤテに会ってみたかったな。きっとキトラ兄さんと同じくらい好きになったよ」

カイルの言葉に、キトラは笑った。

「また星祭の時期に来るといい。今年ほどではないが来年も美しい」

「ああ、きっと」

『さあ、そろそろ帰らないと！　ユアンが泣いちゃうもの』

ニニギがそう言ってパタパタと翼を動かす。

確かに、と思いながらカイルはドラゴンの言葉をアルフレートに伝えた。

そして二人は顔を見合わせて苦笑した。ユアンは胃薬が手放せないと泣いているに違いない。

キトラがその様子を不機嫌に眺める。

「待て、カイル。ドラゴン二頭に騎手は三名……まさか、二人で同乗して帰るつもりか」

アルフレートが鼻白む。

「……いつもしているので、相乗りには慣れている」

その言葉に、アル・ヴィース姉弟の眉間に同時に深いしわが刻まれる。

キースが「うわ、その顔、そっくり」と呆れ声を出した。

「ドラゴンの負担になるだろう」

「私の前で、それは許さない……！　どうしてもと言うなら、キースと辺境伯が一緒に乗れ。それなら許してやる」

キースがけらけらと笑った。

「いいっすけど。まったく、仕方ないなあ、ほら、アル。俺の前に乗りな。大人しくしてろよ？」

「アルって誰だよ」

カイルはキースの発言に、口をへの字にした。

ヒロイに跨ったキースが、無駄にきらきらした笑みを浮かべつつアルフレートを手招きする。

アルフレートの手が剣の柄にかかるのを、カイルは「早まるな！」と慌てて押さえた。

その様子にキトラが何かを耳打ちし、イオエがうんうん、と頷く。

そして彼女は喉を押さえて、高い音を出す。見覚えのある動作にカイルは首を傾げた。

ややあって、甲高い鳴き声と、ばっさばっさという大きな羽音がする。

キトラは何故か勝ち誇ったような顔でカイルに言い放った。

「辺境伯領に戻ったら、まずはお前を陥れた男を断罪するのだろう？」

キトラが指しているのは、オーティスのことだ。

「ま、まあ」

カイルが肯定すると、キトラは上空を指さした。

「ならば、登場は派手に行け。――戦は最初のハッタリが重要だ」

「はっは、すっげえ！」

キースが歓声をあげ――カイルとアルフレートは迫りくる巨体に、あんぐりと口を開けた。

◆

辺境伯の執務室では、伯の直属の騎士隊を指揮するユアン卿が、迫りくる書類の塔に忙殺されていた。

アルフレートは恋人のカイル・トゥーリが行方不明であることに心を痛め、ここ半月ほど寝込んでいる——ということになっている。表向きは。

「そろそろ戻ってきてもらわないと、隠しようがないですよ、アルフレート様……！」

しかも、カイルが行方不明になった原因を作った張本人であるオーティスは、二、三日前から体調が戻ったと嘯いて、平然と城に顔を出している。

ユアンはため息をついて窓辺に寄ると、練兵場で訓練もせず優雅に見学をしているオーティスとその取り巻きを眺めた。

兵士たちの中には、オーティスに苦い思いを抱く者も多い。

何せ、カイルが戻らないからとドラゴンたちは訓練を拒否し、竜厩舎で一日中ごろごろしているのだ。宥めてもだめ。脅して無理矢理言うことを聞かせようとした騎士は、むずっと腕を掴まれて、ぽーいと遠くに投げられ、大怪我をした。

「辺境の騎士が皆、ドラゴンに乗れないことがばれたら、どうしようか……」

ユアンの悩みは深い。

「これもすべてオーティスのせいだ！　奴を斬る！」

とテオドールが憤死しそうになっていたのを「すべてはアルフレート様がカイル君を連れて戻ってからだ」と制止したのはユアンだが、正直なところ、そろそろいろいろなことが、限界だ。

机に戻って無言でその上に突っ伏していると、指の先で何かが淡く青く光った。

「……水鏡？」

ユアンは隈の濃くなった顔で、水鏡を確かめる。

対のもの同士であれば連絡がとれる便利な道具で、ユアンはアルフレートにこれを持たせ、何度か応答を求めた。だが魔族の里では使えないらしく、全く反応がなかった。

今ユアンの持つ水鏡が光ったということは、ひょっとして皆で辺境伯領に入ったのか、とユアンは慌ててそれを覗き込む。

『あれ、ユアン様、大丈夫ですか？　だいぶお疲れです？』

ひょっこりと水鏡に顔を映したのは、ユアンの予想に反して主ではなかった。

金色の髪に蒼い瞳の、王子のような外見の不良神官、キース・トゥーリだ。

「キース君、無事で！」

思わず安堵の息を漏らすと、彼はふはっ、と邪気のない顔で笑って己の目の下を指さす。

「心配ありがとうございます。俺は元気ですよ、少なくともユアン様より。隈がすごいことになっていますよ」

「君が帰ってきたということは二人も、そこに？」

苦笑するユアンに、キースはにやり、と笑った。

「そろそろ派手に登場する頃だと思うので……楽しみにしていてくださいよ」

派手に？　とユアンが首を傾げたところで——練兵場の方角から悲鳴があがった。

「な、なんだあれは」

「大きいっ」

「黄金の……！」

ユアンは窓辺に駆け寄った。

太陽を背にした大きなドラゴンが上空から舞い降りようとしている。飛竜よりも一回りは大きなドラゴンに目を奪われるが、それよりも問題はその鱗の色だった。

太陽の光を弾く、神々しいほどの金色。

あれはまるで、神話に出てくる生き物そのものではないか。

「黄金竜……？」

ユアンは呟き、それに騎乗した黒髪の青年を認めた。

巨大なドラゴンの隣には、見覚えのある飛竜が、アルフレートを背に飛んでいる。

ユアンは弾かれたように、練兵場へと駆け出していた。

人々は突如として現れた、傷心で臥せっているはずの辺境伯の妙に楽しそうな姿に驚いたし、何より彼に同行している黒髪の青年に蒼褪めた。

雪山で遭難したはずの——辺境伯の恋人、カイル・トゥーリだ。

彼は巨大な……しかも眩いばかりに輝く美しいドラゴンに騎乗して帰還した。

「カイル！」

「……何故、あいつが。死んだはずでは……」

喜ぶ者もあれば、蒼褪めて後退さる者もいる。

「シュニヤ、あいつだ――」

カイルは目標を定めると一気に降下した。

美しいドラゴンは一人の騎士を掴み上げる。カイルとともに、オーティスを捜しに出た男だ。

「ぎゃあ、な、何をするんだっ」

男は叫んだが、シュニヤが彼の顔の前で大きく口を開けると沈黙した。

シュニヤはあふ、とあくびをして、口を閉じる。どうやら揶揄っただけらしい。

カイルはシュニヤに跨ったまま、わざとらしい笑みを浮かべた。

「やあ、久しぶりだ！　ヨーゼフ。雪山では世話になったな」

「か、カイル卿……誤解だ」

「まさか俺にオーティス卿の捜索を依頼したあなたが、俺を見捨てるとは思わなかった」

「そ、それには理由が……っ」

カイルは言葉を遮って、断じた。

「言い訳は不要だ。俺を気絶させて雪山に置き去りにしたのは、誰の指示だったか教えてもらおう。言わないのならば、俺はあなたに復讐する。それは俺の正当な権利だろう？」

カイルの声は、静まり返った練兵場に朗々と響いた。

「断れない命令だったのならば、情状酌量の余地はあるぞ」

カイルに続いてヒロイから降りたアルフレートが、笑って肩をすくめた。

シュニヤに掴まれた騎士、ヨーゼフは叫んだ。

「私ではないのです！　オーティスがっ！　私にカイル卿の殺害を命じました！　傷をつけては遺体が見つかった時に面倒だからと睡眠薬を飲ませてっ！　雪山に放置しました！　凍死するようにと……っ！」

非難の視線が、騎士と、蒼褪めて立ち尽くすオーティスに集中する。

カイルがオーティスを見ると、彼は怒りに満ちた表情でシュニヤの手中にいる騎士を睨んだ。

「濡れ衣だ。私は、知らない。雪山ではあなたに会ってもいない、カイル・トゥーリっ」

「これを見ても？」

カイルは胸元から手巾を取り出した。

それは怪我をしたカイルに、オーティスが差し出したものだという。

見事な刺繍は彼の家紋。疑いようがない。

だがオーティスは首を横に振った。

「そのようなもの、どうやってでも入手できるっ！　手癖の悪い孤児ならば！　卑しい男妾風情が、私によくも――」

罵倒してから、オーティスは、はっと口をつぐむ。周囲の視線が、さらに冷ややかになる。

「そうだな。真実は裁判で明らかにしてもらおう。だが、その前に……」

カイルはそう告げて、ひらりとシュニヤから降りた。

そして剣を抜いてオーティスに突きつける。彼は顔を歪めた。

「なんの真似だ、カイル卿。私を脅すのか？」

「いいや？　訓練にいそしむあなたに感銘を受けただけだ。帰って早々悪いが、俺とひと試合してもらおうか。……男妾風情に負けたりはしないだろう？」

オーティスは反論しようと試みたが、静まり返った観衆の無言の圧力を受けて押し黙った。

「俺は、騎士だ。それを侮辱したからには、勝つ自信があるんだろう？　俺が負けたなら、あなたに濡れ衣を着せた非礼を、伏して詫びる」

「いいだろう。そもそも竜の言葉が聞けるなんて、疑わしいと思っていたのだ！　飛龍騎士団に所属できたのだって、伯の寵愛によってのみだろう？」

オーティスは優雅に剣を抜いた。その瞳には、嘲りがある。

何も答えないカイルに、オーティスは宣言した。

「どこからでも斬りかかってくるがいい！」

ユアンが遠くで様子を窺っていると、いつの間にか隣に並んでいたキースに尋ねる。

「一応聞くけど、どっちが勝つかな？　僕は、カイル君にひと月分の給金をかける」

「俺も賭けてもいいですけど、同じ奴に賭けるから勝負にならなくないですか？　あ、でも商品はユアン様の膝枕とかがいいですね。旅行帰りで疲れたんで、労ってください」

「……はいはい」

ユアンが呆れると同時に甲高い金属音が響いた。

直後、無様に貴族が尻餅をつき、彼の豪奢な装飾が施された剣がくるくると宙を舞った。

まるで狙いすましたかのように、グサリ、とオーティスの足元に剣が突き刺さる。

わあっと歓声が沸いた。

「勝者は、カイル・トゥーリ」

高らかに宣言したのは辺境伯その人だ。

ユアンはあまりに嬉しそうな主人の笑顔に苦笑したが、ユアン自身も気分がいいので、今日ばかりは彼の大人げなさに目をつぶることにした。

騒ぎを聞きつけたクリスティナが、走ってくるのが見える。

それから、いつの間にか勝手に竜厩舎を抜け出したドラゴンたちが楕円の練兵場をぐるりと囲い込んでいるのも。

ドラゴンたちはカイルの勝利にキュイキュイと鳴き、足、尾、あるいは羽をばたつかせて喜んでいる。ドラゴンたちはカイルの帰還と勝利を喜び、まるで拍手でもしているようだ。

異様な光景に兵士たちは驚きと……畏怖の視線を黒髪の青年に向けた。

誰が何を言っても竜厩舎から出てこなかったドラゴンたちがいそいそと姿を現してこの歓迎……彼らが何を祝しているかなど、わかりきっているだろう。

「はじめからオーティスに勝ち目なんかなかったよな」

ユアンが独り言のように呟くと、キースが天使のような笑顔を向け、尋ねた。

「その心は？」

「ドラゴンを味方につけた竜騎士に、誰も敵うわけがないのさ」

違いない、とキースが笑う。

彼の視線の先には蕩けるような笑顔をだらしなく晒した辺境伯が、思いきり抱きしめたカイルに叱られている姿が見える。

ようやく戻ってきた日常に、辺境伯領はようやく、少しばかりあたたかくなりそうだった。

◆

派手な帰還に一役買ってくれたシュニヤが魔族の里に帰るのを見送り、ユアンにキースを神殿へ送らせて、ドラゴンをすべて竜厩舎に戻すと、もうすっかり日は暮れていた。

『おかえり、カイル』

『おれたちも今度は一緒に旅行に行きたい』

『ヒロイとニニギだけ遊んでずるい』

『さっきの大きいなかま、だあれ？』

物見高いドラゴンたちからのにぎやかな歓迎を思い出し、カイルは苦笑する。

そんな彼を見て、テオドールは微笑んだ。

「あとは私たちがやりますから。今日はゆっくり休みなさい、カイル」

「ですが、テオドール」

「いいから。長旅で疲れたでしょう」

元上司はなんだかんだとカイルに甘い。ありがとうございます、と告げて部屋に戻ると――

「遅かったな」

「アルフ」

勝手知ったる様子で、アルフレートがカイルの部屋にいた。

彼はジャケットを脱いで、シャツ一枚で寛いでいる。カイルはクスリと笑って言う。

「なんだか変な気分だ」

「どうした？」

ベッドの上で小首を傾げて、アルフレートが問う。いつも傲岸不遜なくせに、たまに可愛らしい仕草をするのが狡い、と思う。

「見慣れているはずなのに。あんたがここにいるのを見たの、すごく久しぶりな気がしてさ」

カイルは笑ってアルフレートの上に圧し掛かった。無防備に晒された首筋を指でなぞると、くすぐったいのか、アルフレートは僅かに身じろいだ。

「汗、流してくるか？」

「いや、いい……どうせまたすぐにかく」

アルフレートの答えに満足して、カイルは自らも上半身の衣服をはぎ取った。

口づけを交わしながら抱き合う。なんとなく事に及んでしまうのが惜しくて、カイルはアルフレートを抱きしめた。肌を合わせたところから、トクトクとやや速くなったアルフレートの鼓動を感じる。

何度でもアルフレートが興奮してくれるのが、嬉しい。

「……んっ」

脇腹に指が触れたのを合図にして、残った衣服も順番にはぎ取られる。

くすぐったいな、と笑っていると、揶揄うように口のあたりを甘噛みされた。

「何を笑っている？」

「……ん？　なんか、ようやく、家に帰ってきたな……ってさ」

カイルが言うとアルフレートは「そうか」と笑って、カイルの身体中に指を這わせる。

「口を開けて」と懇願するように言われ、素直にアルフレートの舌を誘い込むと、口内を舌で蹂躙される。水音の合間に、ふ、と息継ぎをして、カイルはゆっくりとアルフレートとともにベッドに倒れ込んだ。

お互いがここにいることを確かめるように、耳の形をなぞって、首筋に指を這わせ、頸動脈の上を伝わせる。どくどくと、血が流れるところ。彼の、命が、溢れているところ。

「アルフ……好きだよ」

「知っている。私もだ——お前だけを愛している」

耳元に低い声が流し込まれて、身体が熱くなる。

早く欲しいと懇願するような視線を向けるが、アルフレートは息を整えながらもカイルをいなした。

「傷つけたくない。もう少しだけ、こらえて」

潤滑油の助けを借りて、くちゅり、と指が潜り込んでくる。カイルのそこは喜んで指を迎え入れた。

「……んっ、も、乱暴で、いいからっ……はやく——っ、ふっ」

駄々っ子をあやすようにアルフレートが額に口づける。指が二本に増やされて挿送が激しくなった。

鼻に抜けるような声を出しながらアルフレートにしがみつくと、ようやく、後孔に熱いそれがあてがわれた。

快感を脳が予測して、入り口がはしたなく、ひくひくと震える。

入ってくる瞬間、痛みと快感が切り替わる刹那に、太腿がぶるりと震える。

アルフレートが軽く息を整えたあと、一気に突き立てられた。

「——イ……いいっ、あ、あ、あ、あ。もっと、アルフっ」

恋人の瞳が満足そうにカイルを捉える。

視線で犯されるのが嬉しくて、カイルはアルフレートを呑み込んだ内部を収縮させた。

「——くっ」

「……あ、んっ、ん」

腰を浮かせて、内部を蹂躙するアルフレートのものが一番いいところに当たるように、動く。

ひどくいやらしい気分で口を開くと、望み通りに舌が絡められて、カイルは喜びに喘いだ。

――アルフレートが、好きだ。

この、蛇のようにお互いを絡め合いながら内臓まで晒して睦み合うはしたない行為がたまらなく好きで、この熱なしにはもう生きていけないとさえ思う。

「あっ……いぃっ、そこっ……」

もっと欲しいのに、快感が上がってくるのが恐ろしくて、腰が逃げる。

アルフレートはカイルの腰を引き寄せながら、己のそれを打ちつけた。

「逃げるな」

ぱちゅ、と肉がぶつかる音の合間に、ぐちゅぐちゅという卑猥な水音が落ちる。

「カイル。もっと締めて」

「――っ、は……」

耳の中に舌が潜り込んで、低い声が懇願する。

ぎゅう、と咥え込んだそれをしめつけたのは、最早反射だ。

奥を暴いていくそれを拒むように、そうと思えば迎え入れるように、中がうねる。

「カイル――」

尻たぶが掴まれて、熱いものが奥へ奥へと進んでいく。

「……あ、あ、あ……んっう、それ、きつ……い」

「だが……、きついほうが好きだろう？」

反論できないのが悔しい。そういうふうにしたのはあんただろう、と睨（にら）む代わりに、ぎゅ、ともう一度中を締める。

アルフレートが呻（うめ）いた。お互いに限界が近い。

体勢を整えようとしたアルフレートを逃がしたくなくて、カイルはその背中に爪を立てる。

アルフレートは腰を動かして欲望をカイルに叩きつけた。

「あっあ……っ、い……ぐ……んうっ！」

「カイル……っ」

くぐもった声が聞こえて、胎（はら）の奥、アルフレートだけが触（ふ）れたことのある場所に、熱が広がる。

このままずっと、朝まで繋（つな）がっていられたらいいのにな、などと色に塗（まみ）れたことを思いながらカイルは恋人の——今はそうでしかない男の顔を見つめた。

これからも彼の隣にいるために。何をすべきなのか。もうずっと前から知っている。

足りなかったのは、カイルの覚悟だけだ。

——カイルはアルフレートに手を伸ばして、柔らかな紅（あか）い髪を引き寄せ、口づけた。

エピローグ

カイルたちが帰還して、半月後。

イルヴァ辺境伯の執務室では、オーティスへの処罰が協議された。

「オーティスと、その部下については裁判のあと、しかるべき処罰を。罪状は殺人未遂と偽証だ」

アルフレートが宣告し、重臣たちも頷く。証拠がいくつもあったため、オーティスを擁護する言葉は少なかった。

アルフレートの隣に座っている未来の辺境伯クリスティナは、会議の末席にいたカイルに尋ねる。

「カイル卿の帰還を喜ばしく思うよ。そして、一門があなたに加えようとした危害について謝罪を。何か望むことは？」

カイルは聡明な少女に頭を下げた。

「辺境伯領の法に従って処罰されるのであれば、他に望むことはありません」

殺人未遂の罪は軽くはない。最低でも爵位は取り上げられ、収監されるだろう。

「……しかし、その……オーティス殿は閣下の従弟です。道を誤ったとはいえどご親戚のことゆえ、情状酌量の余地があるのでは……」

老臣の一人がおそるおそる口にしたのを、アルフレートの蒼い瞳がちらりと見た。

「オーティスが身内ならば、カイル卿もそうだ。——彼は私の伴侶だ」

アルフレートがさらりと言い放ち、老臣は目を白黒させた。

「その、閣下とカイル卿が親しいのは存じておりますが……」

カイル・トゥーリは今のところ、ただの恋人でしかない。そう、暗に言いたいのだろう。

アルフレートは面白そうに笑って、その老臣を見た。

「ならば、正式にそうなればいいわけだな？　カイル」

「なんでしょう、閣下」

首を傾げるカイルに、アルフレートは言い放つ。

「私は二年後、クリスティナに爵位を譲る。その暁(あかつき)には私の正式な伴侶になってくれるだろうか」

「なっ」

――突然の宣言に場がざわつく。

アルフレートの腹心であるユアンは仕方ないなとばかりに肩をすくめ、テオドールも笑って、かつての部下である半魔の竜騎士を見つめた。

「カイル、どうします？」

テオドールに問われたカイルは表情を変えずにアルフレートを見つめ、その声に耳を傾けた。

「君がいなくなったかもしれないと聞かされて、胸が張り裂(さ)けそうだった。そして不安定な立場に君を置いていることを心苦しく思った。――離れるのは二度とごめんだ」

だから、と続ける。

「カイル・トゥーリ。正式に私の伴侶として傍(そば)にいてくれないか」

カイルは己の主(あるじ)にして恋人である男の前に跪(ひざまず)いて、その怜悧(れいり)な美貌(びぼう)を見上げた。

まるで、叙勲(じょくん)される時のように。

それからアルフレートの手を取って、きっぱりと告げた。

「あなたの心のままに。そして我が心のままに——あなたが望むまま、生涯を共にすると誓います」

カイルはアルフレートの手に恭しく口づける。呆気に取られる重臣の半分を眺めながら、アルフレートの隣にいた凛々しい少女が宣誓するように右手を挙げた。

「クリスティナ・ド・ディシスの名において、二人の誓約が正式なものであることを承認する。……異議がある者は、この場で私に申し立てよ」

次代の辺境伯の祝福に水を差すようなことを、誰も言えるわけがない。

アルフレートは薄く笑った。

「さて、これでカイル・トゥーリは正式に私の婚約者だ。よって、オーティスを情状酌量する理由はないな。そもそも、身内だからといって刑を軽くするのもどうかと思うが。……さて、他に議題がなければ散会とするが、異議は？」

アルフレートが集まった人々を見回したが、彼らはそれに沈黙で答える。

オーティスを擁護した者も、クリスティナの辺境伯就任を阻止しようとしてひっそりと暗躍していた者も、しまった、と内心で唇を噛んだ。

「それでは、本日の協議はここまで。皆、ご苦労だったな——」

辺境伯は笑って、そう告げた。

辺境伯の臣下たちが去り、議場にはカイルとアルフレートだけが残っていた。

「本当は、もう少しまともな言葉を考えていた」

二人きりになった途端に切り出されて、なんのことかと考え込んだカイルは、ぷっと小さく噴き出した。

「俺への求婚の言葉を、ですか？　閣下」

「そうとも。十年間、ずっとだ」

カイルがほんの少し呆れると、アルフレートは拗ねた。

「こんな議場で、政治のために利用したくなんてなかった」

「ったく。アルフがこれが一番丸く収まるって言ったんだろ。クリスティナ様が次期辺境伯になるのは揺るぎないし、俺も狙われなくてよくなる。アルフも見合いを勧められない。オーティスを優遇する必要もなくなった。……辺境伯の従弟と伴侶なら、伴侶のほうがより近い、身内だ」

しかしだな、とアルフレートの表情は、晴れない。

カイルはきょろきょろとあたりを見回して周囲に誰もいないことを確認すると、アルフレートの膝に乗り上げて口づけた。

「政治利用されたって、まったく構わない。今のところアルフは辺境伯だ。だから我慢してやる。――だけど」

「だけど？」

「二年経ったら」

――クリスティナが爵位を継いで。目の前の男がただのアルフレートになれば。

「しがらみは全部捨てて。そしたら、ずっと、全部。――俺のものだ」

紅い髪をひと房すくい上げて、口づける。それから額にも、鼻梁にも。

不意をつかれて驚いた表情のアルフレートに、カイルは悪戯っぽく微笑みかけた。

「アルフレート」

「ああ」

「俺は、孤児院育ちの竜騎士で剣の腕はそこそこ。貯えもたいしてないんだけどさ」

「……ああ」

「あなたを世界一愛しているし、幸せにしたいって思うから。残りの人生、俺に全部くれないか。――俺が死ぬその瞬間まで。それまでずっと、俺を見ていて」

アルフレートは呆気に取られていたが「敵わないな」と呟いて、カイルを思いきり抱きしめた。

息が苦しくなるくらいに口づけて、腕に抱いた恋人に――否、伴侶に問いかける。

「その答えは大声で叫んでもいいか？」

「ばか。こっそり聞かせてくれよ……一晩中」

二人は見つめ合い、やがて笑い出した。

絶対の存在は手に入れて――今、この手の中にある。

竜騎士は、それを離さない。

命が、ある限りは。

冬の終わりを告げる風は、辺境伯領の雪を融かそうとしていた。

番外編　金鳳花の咲く庭で

――アルフレートが、はじめて秘密を胸に抱いたのは、九つの頃だったと思う。

むせ返るような甘い花の香りが漂う温室の隅で、アルフレートは跪いた少女に両手を取られて懇願された。

密やかな声で、震える手にアルフレートのそれを包んで、少女は言う。

「アルフレート坊ちゃま。私たちが魔族だということは、どうか秘密にしてください」

「どうして、セベリナ」

「私もニーナも、お屋敷にいられなくなります」

アルフレートは、釈然としない気持ちで勤勉な少女を見下ろした。

常緑樹が頭上に枝を広げ、その影は二人を強い陽射しから覆い隠す。風でサワサワと揺れる葉は、ただでさえ囁くような少女の声を慈悲深く周囲から遠ざけた。

セベリナは黒い髪に、黒い瞳をした少女だ。

美しい顔の右の頬には僅かに火傷跡があって、それを隠すように前髪を伸ばしていた。

セベリナは一つ年上の慎ましい姉のニーナとともに、辺境伯の妾とその息子であるアルフレートが暮らす屋敷に、住み込みで働いている。

先日、その姉妹の父親が急逝したので、アルフレートと母は弔問に訪れた。

そして、弔問客も少ない簡素な葬儀のあと、父親を悼む姉妹のもとに現れた風変わりな客人たちと運悪くかちあったのだ。

偶然アルフレートと目が合った瞬間、客人二人は慌てて椅子を立つ。

「彼女たちの父と友人だった、我らは旧友を悼みに来ただけだ」

言い訳がましく言い捨てて、逃げるように背を向けた二人は、赤い瞳を持っていた。赤い瞳が何を意味するのか、北方に住まう者ならば子供でも知っている。

彼らは北の山に住まう人ではない種族——つまり、魔族であると。

辺境伯領は魔族たちの里と領土が隣接しているため昔から関わりは深いが、近年の双方の関係は良好とは言えない。

数年前、魔族の長が、人間の王国ニルスの首都で暴虐の限りを尽くしたせいだ。

セベリナたちと客人二人の容姿は、ひどく似ていた。

アルフレートはそれに気付いたし、母も、同行していた母の侍女たちも同じように感じただろう。

そういえば、姉妹の父はこの土地で育ったと聞いたが、彼女たちが小さい頃に亡くなったという母親は流れ者だったそうだ。そして、人ならざるほど美しかったとも。

姉妹の家を訪問した翌日、侍女の一人が楽しげに母に耳打ちした。

「その流れ者の母親が、どうやら魔族の血筋だったらしいですよ。セベリナが生まれた時、瞳が赤かったから、母親は目を焼こうとしたんですって」

「じゃあ、あの火傷跡って……」

「そうらしいわ！　そして、母親はそのまま……死んだって。ひどいことするのね、魔族って」

声を潜めて噂し合う侍女たちを、母は珍しく厳しい口調で叱責した。

「やめなさい。他人の出自について、噂話をするのは品がない」

しおらしく頭を下げた侍女が唇を噛みしめるのを、アルフレートは見逃さなかった。

セベリナもニーナも寡黙な少女だが、仕事は丁寧で優しい。

己や母の身の回りの世話を、媚びることもなく淡々とこなす彼女を、アルフレートは気に入っていた。だから、彼女たちの血筋がどうあれ気にしたこともない。


そんな、ある日。侍女たちの間でつまらない諍いが起きた。

侍女の一人がニーナにくだらない言いがかりをつけ、気の強いセベリナがそれに食ってかかった。

そこまでならよくあることだった。

だが、セベリナは怒りに身を任せて、相手の侍女を平手打ちしたのだ。

息を荒くしていたセベリナは、部屋の隅に置いてあった手鏡の己と目が合うと、弾かれたように部屋を出て逃げていった。

その場を偶然目撃したアルフレートは、セベリナを捜した。そして大樹の陰で身を隠して震えている彼女を見つけ、声をかけたのだった。

「どうして逃げたんだ、セベリナ」

彼女は慌てて目を伏せた。

「な、なんでもありません、坊ちゃま。すぐに戻ります。イドリスにも謝罪します……どうか、しばらくしたら戻りますので、このまま私を一人にしてください」

アルフレートは彼女の瞳を覗き込んだ。先ほどとは違い、真っ黒な目をしている……

侍女に平手打ちをした際、アルフレートの目に入ったのは彼女の真紅の瞳だった。

「セベリナ、もう戻って大丈夫だ。目の色、ちゃんと赤から黒に戻っているよ」

セベリナはアルフレートの言葉に目を大きく見開いて戦慄き……がっくりと膝をついた。

「どうか、秘密にしてください」

彼女は再度懇願しながら、ぽつりぽつりと自身のことを話し始めた。

姉妹の、祖母が魔族だったのだという。

母には魔族の血があまり濃く出ず、姉妹もそうだった。

セベリナには気持ちが昂った時に目の色が変わってしまうという体質があるが、それ以外は人間の姉妹と変わらない。だから、今まで姉妹が魔族の血を引くことは周囲には隠せていたそうだ。

「セベリナとニーナは、屋敷で一生懸命に働いている。母上も、僕も、二人を追い出したりしない」

アルフレートは静かに言った。それでも、セベリナの震えは止まらなかった。

「存じております、アルフレート坊ちゃま。けれど、旦那様は魔族がお嫌い。憎んでいると言ってもいい。きっと、私たちは追い出されます」

父は……辺境伯は、今は亡き正妻が産んだ子供たちのいる本邸で暮らしている。アルフレートが住む別宅にはあまり顔を出さない。それでも、愛妾と息子の傍に魔族の血を引く者が存在することを望まないだろう。

「わかった。僕はセベリナもニーナもこのまま屋敷にいてほしいから、何も言わない。セベリナも気にしなくていい」

「感謝します、アルフレート坊ちゃま」

セベリナはアルフレートの手を額に押しつけて感謝の意を示し、震える足取りで屋敷へ戻っていった。

それからしばらくは、屋敷は平穏だった。

セベリナとニーナは淡々と生真面目に職務をこなし、他の使用人たちと諍いを起こすこともなく、時は過ぎていった。

夏が来て秋を過ごして、渡り鳥の声を聞く冬の朝に、姉妹は……忽然と消えた。

「お前の傍に、素性の怪しい者を置くのはよくない」

足跡一つない雪景色が広がる朝、セベリナたちはどこへ行ったのですか、と問うたアルフレートに、父はこともなげに告げた。

反論は許されず、その場で父子の会話は打ち切られる。

夜半に逃げるように出て行ったという彼女たちの行方はわからずじまいだ。

彼女たちの足跡(あしあと)は無垢(むく)な新雪に覆い隠されて……すべてが白く、消えた。

◆

「アルフ！　……レート様」

任務の報告を終えた飛龍騎士団の騎士、アルフレート・ド・ディシスが団長室から退出し、次の廊下を曲がると、従士姿の少年がパッと表情を輝かせてアルフレートの名を呼んだ。

呼び捨てにしようとして慌(あわ)てて敬称をつけ加えたのは、アルフレートの隣に序列にうるさい副団長がいたからだろう。

「カイル・トゥーリ。何事だ」

古い家柄出身の副団長は、若干声を尖(とが)らせて少年の名を呼んだ。

カイル・トゥーリと呼ばれた少年は目を伏せる。

「テオドール様がアルフレート様をお捜しでしたので、お声をかけました。お二人の用事が終わっているようでしたら、ご案内してもよろしいでしょうか？」

アルフレートが副団長に確認をとると、副団長はアルフレートを促(うなが)しながらも、ただし、と苦言を呈す。

「お気に入りと遊ぶのは構わないが……よくよく相手を選ぶことだな」

副団長はすれ違いざまにカイルを一瞥(いちべつ)し、足早に去っていく。

カイルは紅玉のような瞳に苦笑を滲ませて、アルフレートを見上げた。

北山に住まう魔族のように肌の色が褐色なわけではない。耳が尖ってもいない。

それでも、稀有な緋色の双眸は彼が魔族の血筋であることを明らかにしている。

本人が言うには「多分父親が魔族」なのだそうだ。もっとも、己を捨てた母親が人間だったから、消去法で「そうだと思う」と言っているに過ぎないのだが。

アルフレートは自分より頭一つ分背が低い少年の髪に指を潜らせて、その黒髪を乱す。

「気にするなよ」

副団長の去った方角に視線を向けながら、カイルに囁く。彼は小さく首を横に振った。

「ん、慣れてる」

「慣れなくていい」

その言葉にカイルは、くしゃりと相好を崩した。

孤児院出身のカイルには騎士団の生活は辛いだろうに、アルフレートは彼が不平を言うところを見たことがない。

彼曰く、孤児院での貧しく辛い生活が嘘のように、騎士団は楽しいのだそうだ。

飢えることがない。眠ることを邪魔されない。剣術の稽古ができてドラゴンと暮らせて、魔族の血を引いているからといって彼に石をぶつける人間もそんなには、いない。

それに王都の安全を守るという騎士団の仕事は、誰かの役に立つ。――だから快適なのだ、と。

人間にとって、魔族は異能を持つ、忌むべき存在だ。明らかに魔族の血を継いだ外見のせいで、カイルが嫌味や皮肉を言われることは多々あったが、飛龍騎士団の面々は皆ドラゴンが好きだ。
それゆえドラゴンと会話できるカイルの異能は重宝されたし、何より騎士団のドラゴンたちは、カイルにだけ異常なほど愛情を示し、優しかった。気難しいので有名な騎士団長のドラゴンさえ、カイルが厩舎に近づくと子供のような甘い鳴き声を出す。そしてカイルを優しく噛んで、自分の世話をさせたがる……

『お前をいじめる奴がいたら、告げ口しにおいで――空から突き落としてあげる』

そうカイルに伝えたのだと噂になって、騎士たちは震え上がり、それからカイルはなんとなく不可侵の地位を得た。

「ひょっとしたら、カイルの親は高位の魔族かもしれないな」

これは自身のドラゴンがカイルの前では雛のように大人しくなっているのを目撃した団長の軽口だが、アルフレートはあり得ない話ではないと思っている。高位の魔族であればあるほどドラゴンに愛されることを、知っていたからだ。

アルフレートはもう一度少年の髪の感触を楽しんでから尋ねる。

「テオが私になんの用だって？」

「辺境伯からのお手紙が届いているから早く読みに来い、って。なんか荷物もいっぱいあったよ」

アルフレートは、ああ、と内心でため息をつく。

父の手紙の内容はいつもと同じだろう。任務に励んでいるか、飛龍騎士団ではいつ幹部になるのか。その努力と根回しを怠ってはいないか。

そろそろ王太子の側近として腕を振るうべく近衛騎士に転属してはどうか……

息子の生活を窺う書簡というよりは、部下に対する指示書に近い。

辺境伯の息子とはいえアルフレートは妾腹の三男だ。好きにさせてくれと思うのだが、父としてはいまいち出世欲のない、辺境伯の駒として機能しない息子を不満に思うらしい。

父がアルフレートに愛情を抱いているのは知っている。辺境伯という任務を実直にこなす父の姿を尊敬してもいる。

だが、彼の貴族としての特権意識にたまに辟易するのも事実だ。

テオドールに適当に返事を考えさせようと決めて、カイルの袖を引く。

「カイル、お前、今日の仕事は終わったのか？」

「訓練も終わったし、竜厩舎の掃除も終わり。あとは寝るだけ」

「じゃあ、私の部屋に来い。多分、実家から送られてきた荷の中に菓子がある。私もテオも甘いものは苦手だからカイルにやる。持って帰れ」

カイルは小さく、やった、と声を弾ませた。喜ぶ横顔に、アルフレートは目を細める。

アルフレートは菓子を好まない。というより、甘いもの全般が苦手なのだ。

それでも毎回、実家からの荷物と菓子を同送するよう友人のユアンに頼んでいるのは、カイルのこの笑顔が見たいからだ。

「部屋の奴らに分けてもいい？」

カイルはそう言って首を傾げた。従士は基本的に複数人の相部屋だ。カイルと同部屋の少年たちを把握しているアルフレートは、彼らの顔を思い浮かべながら、頷いた。

以前、カイルの同室だった青年は若い従士にたびたびちょっかいを出す悪癖がある男だった。

つい先日、彼はだれかの進言によって年上の騎士たちと同じ部屋に移ったから、その悪癖はなりをひそめている。

カイルが彼の毒牙にかからなくてよかった、とアルフレートが心底安堵し、テオドールが呆れていることをカイルは知らない。

「好きにしたらいい」

「うん」

アルフレートの内心を知らずに、カイルは無邪気そのもので笑った。

ドラゴンの言葉を聞くことができるという異能を評価された半魔族の少年カイルが、飛龍騎士団の一員になって、一年と少し。

ひょろりと手足ばかりが長かった少年の背はずいぶん伸びて、骨の目立つ体躯には筋肉がついてきた。とはいえ、首筋はまだ細く、笑顔はどこかあどけない。

それに反して、時折生意気にも思えるつり気味の目元……子供から青年になる過渡期のアンバランスさにあやうい色香を感じるのは、アルフレートだけではないだろう。

「どうかした？　アルフ？」

「いいや」

アルフレートは軽く笑って、またカイルの髪を撫でた。

行くぞ、と告げて、アルフレートの自室に彼を引っ張り込む。

騎士になれば必ず与えられる一人部屋だが、アルフレートは出自の高さから……言うなれば実家からの高額な寄付金を評価されて、広く日当たりのいい部屋を割り当てられている。

アルフレートが望んだわけではない。だが、忖度というものはアルフレートの頭上で勝手に繰り広げられるものだ。

同じ騎士たちのやっかみはないでもないが、上司たちの気遣いを断って波風を立てるのは得策でない。ついでに言えば、初めてカイルがこの部屋を訪れた時「広くて気持ちいいな！　こんな上等なソファに座るの、はじめてだ」と満足げにソファに沈み込んでいたので、引け目を感じるのが馬鹿らしくなってやめた。

「おかえりなさい、アルフレート」

部屋では美しい金髪の騎士、テオドールが寛いでいた。

イルヴァ辺境伯家の家門出身で、アルフレートの幼馴染と言っていい。信頼のおける友人であると同時に口うるさいお目付け役でもある。

テオドールは意味ありげに口元に笑みをたたえた。

「カイルに頼むと、あなたがお行儀よく部屋に戻ってきてくれてありがたいですよ」

何か含んだような言葉を、アルフレートは遮った。

「父上はなんだと？」

「手紙を読んで、至急、返信を……とのことですよ」

アルフレートはさっと手紙に目を走らせた。その内容は、予想に反して少々厄介そうだ。引き出しに手紙をしまって鍵をかける。

厄介な件は夜にでもゆっくり考えようと、手紙とともに送られてきた荷物を確認する。

色鮮やかな小箱を見つけて、カイルを手招きした。

「菓子があった。……食べるか？」

「うん、いつもありがとう、アルフレート」

カイルは目を輝かせた。

「構わない、どうせ私は食べないが、毎回送ってくれるからな」

視線の先で半笑いになったテオドールを頭の中で蹴りつつ、咳払いをする。

カイルは色鮮やかなクッキーを一つつまむと、あとは大事そうにしまった。さっき言った通り、同じ部屋の仲間たちに分けてやるのだろう。

カイルの嬉しそうな顔に、満足する。

「一人じめしてもいいのに」

アルフレートが笑いながら言うと、カイルは肩をすくめた。

「大勢で食べたほうが美味(おい)しいし――それに、明日は休みだからキースにも分けてやりたくて」

「キース？　カイルの幼馴染か。明日の休みに会う約束をしているのか？」

「うん、できるだけ休みを合わせて、月に一度は会えるようにしているんだ」

アルフレートの笑顔が、ほんの少し引き攣(つ)った。

キース・トゥーリ。カイルと同じ孤児院出身の少年だ。

ひどく人目を惹く容姿をした少年で、その利発さを買われて、今は神殿に見習い神官として在籍している。外見だけは、置物として飾りたくなるような、天使みたいな少年だが……

アルフレートがキースを思い浮かべていると、視線の先でテオドールが面白そうに笑っている。あとで、その笑みはなんだと問いただしてやろうと思っていると、テオドールは目を逸らした。

二人の水面下のやりとりに気付かずに、カイルははにかむ。

「俺もキースもまだ新人だから、自由に休みは取れないからさ。お互い休みが取れそうな日を確認して、それが合いそうなら正午に大聖堂の階段前で落ち合うんだ。一時間待っても会えないなら、その日は都合が悪いんだって帰る約束をしてる」

「おたがい、積もる話もあるでしょう。ゆっくりしてくるといい」

テオドールは穏やかにカイルに答える。

ああ、それならと、アルフレートは胸元から書付を取り出した。

「これは？」

「私の知人が、大聖堂の近くで小さな料理屋をはじめたんだ。開店記念の招待状だから、行ってくるといい」

「……いいんですか？」

驚いて敬語になったカイルに、アルフレートは構わないと頷く。

招待状を覗き込んだテオドールも、ああ、と笑顔になった。

「私の名前を出せば、いろいろ食べさせてくれると思います。楽しんでおいでなさい」

カイルはやった、と笑顔で礼を言ったあと、じゃあね、と部屋に戻っていった。

テオドールは半眼でアルフレートを見る。

「アルフレート、あなた本当はカイルと二人で行こうと思っていたんじゃないでしょうね？」

「……」

沈黙は雄弁なり。テオドールは足を組み替えてわざとらしく首を鳴らした。

「図星ですか！　まったく。いつも健気に頑張っているんですから、たまには兄弟に会えるご褒美があってもいいでしょう。逢瀬を邪魔しちゃいけません」

「逢瀬？　……どうして私が、カイルたちの再会の邪魔をしなくちゃいけない？」

「眉間にしわが寄っていましたよ？」

テオドールの指摘にアルフレートは再び沈黙した。

「……まったく、あなたがカイルを気に入っているのは知っていますし、彼は将来有望ですから構いませんが……家族と会う時間を邪魔する権利はありませんよ。ま、ルディの店を紹介してあげるのはいいことですけどね」

ふん、と鼻を鳴らして、アルフレートは頬杖をついた。

指摘されるまでもなく、アルフレートはカイルを気に入っている。

王都の外れにある街の孤児院にいた彼を見出して騎士団に入団させたのは、騎士団長とアルフレートだ。カイルが従士として入団してからも、辺境伯家の三男が半魔族の孤児に特別に目をかけているのは本人以外には周知の事実だろう。

だが、それはドラゴンの言葉を理解するという異能を持つ少年を、己の部下にしたいのが理由だと思われている。

友であるテオドールでさえ、そう感じているフシがある。

「……あいつが異能持ちだから、気に入っているわけではない」

「何か言いましたか？」

尋ねるテオドールに、アルフレートは何も、とため息をついた。

アルフレートはカイルを気に入っているだけだ。あの少年が弟のように思えて、かわいい。

――できれば近くで見守ってやりたいだけ、だ。

それだけだ、と思いながら、何故かチクリと胸が痛んで、アルフレートは無意識に襟元を握りしめた。

◆

「相変わらず餌付けされてんな、お前」

「餌付けって言うのヤメロ」

カイルがアルフレートに菓子をもらった翌日は、予定通り休日だった。

従士は騎士と同じように五日に一度は休みがある……というのは建前で、雑用や訓練が多い。

大聖堂の階段に正午前に行くと、金色の髪に青い目をした幼馴染――キース・トゥーリはいつものようにそこに立っていた。

カイルはキースの横に腰掛け、アルフレートから分けてもらった菓子を取り出すと、キースは文句をつけながらもかじる。

「結局、食うんじゃないか」

「……育ち盛りだからな」

カイルは気まずくなってキースから目を逸らした。

根性と性格の悪いキースは、天使のようだとか、女の子みたいとか、砂糖菓子のようなだとか、あらん限りの称賛を受ける顔を歪めて、フン、と鼻を鳴らす。

相変わらずの口の悪さに、カイルはなんだか安心した。

カイルとキースは、この国の王都の外れの孤児院で育った。名字は共にトゥーリ。だが、血縁関係はない。その地方で身寄りがない子供には、その姓が与えられるのだ。

親切な老神官に愛情深く育てられた二人だが、彼が亡くなったあとは、後任者に厭われた。

カイルは半魔族の血筋と外見ゆえに、キースはその賢さと生意気さゆえ、だ。

孤児院には十四歳になれば出て、一人で食べていくという決まりがある。キースはもともと、神学校に推薦されていた。

キースは幼い頃から利発だった。記憶している本の量も並外れていたし、計算も大人たちが舌を巻くほど速く正確にできた。そのため老神官は亡くなる前に、キースを神官見習いとして王都に送ることを古なじみの教会関係者と約束していたのだ。

本当はカイルも一緒に王都へ送りたかったらしいが、多分断られたのだろう。

赤い目をした神官など、見たことがないから。

老神官はカイルの勤め先もなんとかしようと奔走していたが、行く先が決まる前にあっけなく死んでしまった。

運よく……本当に奇跡的に飛龍騎士団に拾われなければ、カイルはおそらく孤児院の職員をしていたか、街の有力者の下働きをしていただろう。勿論、無給で。

だから、十四歳になったら、カイルとキースは離れ離れになる予定だったのだ。それがこんな風に近くにいられて、たまにでも会えるのが、カイルは嬉しい。

「最近、なんか面白いことあったか？」

クッキーをつまみながら、キースが問う。

「いつも面白いよ。飯は美味いし。あ、そういや部屋替えがあった。同い年の……平民ばっかりと同じ部屋になったから、賑やかで楽しい」

妙な感じに絡んでくる先輩と部屋が分かれたことも安堵している、と白状すると、ふーん、とキースは半眼になってこっそりぼやく。

「あの貴族、仕事速えな」

「貴族？　仕事？」

「あー……なんでもねえ。お前、昔っから妙に変態に好かれるからな。気をつけろよ」

「……変態、って。他に言い方ないのかよ」

カイルの文句はキースに一蹴された。

「アルフレートだっけ。お前のこと気に入ってた、ボンボン。あいつ、いい奴か?」

「たまに厳しいけどいい人だよ。強くて賢くて、王子様みたいだよな」

アルフレートは自分を王都に連れて来てくれて、ドラゴンと一緒に過ごせる上に、衣食住にも困らない環境を与えてくれた。

それに、あちらは貴族でカイルは孤児なのに、気安く接してくれる。彼も彼の友人であるテオドールも人のいないところでは敬称をつけずに名を呼ばせてくれる。

カイルの素直な称賛に、キースは憎まれ口を叩いた。

「外見だけなら、王子様は俺のほうじゃん」

「……中身がなあ」

「うるせえ」

ああだこうだと小突き合いながら菓子をつまむ二人を、大聖堂の職員が背後から微笑ましそうに見守っている。月に一度か二度現れて、こそこそと言葉を交わし合う騎士見習いと神官見習いの可愛らしい少年たちは、大聖堂の神官たちの間でちょっとした名物になっていた。

「あ、そういえば」

カイルはふと思い出して、キースに問いかける。

「キース。お前、今日一日、暇?」

「暇だけど」

「じゃあ、夕ご飯一緒に行こう。アルフレートとテオドールの知り合いのお店の人が、無料で食べさせてくれるって」

「テオ……あの綺麗な金髪の貴族か？」

「そ」

カイルがアルフレートからもらった招待状を見せて説明すると、キースはそれを空にかざして目を細めた。

「この店、見たことがあるな。俺たちみたいなのが行ったら追い払われないか？　高級店だぞ」

店は大通りから一本奥に入った、川沿いの閑静な通りに位置するらしい。

確かに、カイルにはあまり縁がない場所だ。

「アルフレートが大丈夫って言っていたから、多分、平気だと思う」

カイルが全幅の信頼を置いていることに、キースは呆れたように肩をすくめる。

「ま、見学するだけでも面白いか。とりあえず行ってみようぜ」

二人は地図を見ながら、店に向かうことにした。

神官見習いと半魔の従士。いかにも金のない二人なんか門前払いを食らいそうなものだが……門の前に立っていた警備の青年は、カイルの容貌と招待状を見比べると「ああ！」と言って笑顔で中に通してくれた。

一階の奥の小さな個室に案内されると、給仕がやってきて恭しくテーブルを整える。まるで貴賓のように扱われて、カイルとキースは思わず顔を見合わせた。——待遇がよすぎる。

貴族の招待状の効力ってすごいな、とカイルは素直に感心し、キースは少しばかり周囲を警戒した。

「このままたらふく食わされて油断させておいて、どっかに売られるんじゃないか？」

「そんなことあるか……？」

キースが実に可愛げのない想像を披露したせいで、カイルもなんだか不安になってしまう。

だが、食事が次々に運ばれるにつれて、二人の警戒はあっさりとけた。

ふっくらとした焼きたての白パンとイチジクのジャム、それから塩のきいた生ハム。

魚介のスープに、肉汁がしたたるような厚い肉。搾りたての南国産フルーツの果汁。

騎士団は身体が資本だから、従士にも十分に食事が振る舞われる。しかし神殿はどちらかといえば質素がよしとされる。

カイルよりも飢えているキースのほうが夢中で食べ——二人はおなかいっぱいだと行儀悪くテーブルに突っ伏した。

その時、痩身の青年が扉を開けて、ひょい、と顔を出した。

「二人とも、美味しかったかな？　……ええと、紅い目の君がカイル？」

「はい！」

カイルは慌てて立ち上がった。

「あの……アルフレート……様のお知り合いの方ですか？」

「うん、そう。僕がここの店主でルディです。会えて嬉しいよ」

「俺は、カイルです。その……すごく美味しかったです。ご馳走をありがとうございました」

「開店記念で、お世話になった人に招待状を送っているんだ。気にしないで」

騎士二人の知人だから、貴族かもしくは富裕層なのだろう。

それなのに、ルディは実に気さくに握手を求めてくれる。

「僕はキースです。ごちそうさまでした。素晴らしく美味しかったです！」

ご飯をくれる人は、すべていい人だ、という座右の銘にもとづいて、キースも猫をかぶった満面の笑みで挨拶をする。

ルディは、少年二人を見比べて微笑んだ。

「二人ともおなかいっぱいになってくれたんなら、よかった。特に、カイル。アルフレート様やテオから君のことを聞いて、会えるのを楽しみにしていたんだ」

「俺に？　ルディさんが？」

カイルが目をぱちくりと瞬くと、黒髪黒目の青年は照れ臭そうに頭をかいた。

「僕も魔族の血筋なんだ。……曾祖父の時代だから、薄いけどね」

「そうなんですか……！」

カイルは驚いた。それから、いかにも高価そうな食器や華美ではないが品のよい店の内装を眺める。

――十五年ほど前、魔族が王都で騒乱を起こしてから、魔族の血筋はこの国で忌避されている。

まともな職を得ることができない若者も増えた。魔族の血筋なのに、若くして王都に立派な店を持つことができるというのはすごいな……と素直に感心する。

「辺境伯領には、僕みたいに少しだけ魔族の血を引いている人間が結構いるんだ。アルフレート様とテオに君のことを聞いてから、一度会ってみたくて。騎士を目指しているんだって？」

「はい」

きっぱりと答えたカイルに、ルディは目を細めて「頑張って」と笑った。

それから土産にと、焼きたてのパンをカイルとキースに持たせてくれた。

「気を付けて帰るんだよ。もう暗いし」

二人とも大人に心配される経験があまりないので、少しばかりくすぐったい気がして思わずくすりと笑ってしまう。

「笑い事じゃないさ。最近は君たちくらいの年代の子を狙った人攫いがよく出る」

「そうなんですか？」

「東の国では人身売買が公然と行われているからね。君たちみたいな、優秀で、しかも身寄りがない子は狙われやすいんだ」

首を傾げたカイルに、ルディはそう言った。

東国ではここ数年、子供ばかりが罹患する病がはやったせいで、カイルたちの年代の子が高値で取引されるのだという。

「俺みたいな美少年なんか垂涎の的だな。高値で売れそう」

カイルが「馬鹿」と小突いたが、ルディは「本当に気を付けるんだよ」と心配し、優しく二人を送り出してくれた。

カイルとキースは店を出て帰途につく。

久々の美食にありつけて、キースはご満悦だ。

「なんか儲けちゃったな」

「ん」

もしかすると、アルフレートはルディとカイルを引き合わせることで、お前も励めと伝えたかったのかもしれない。

そういうところ、好きだなあと思いながら、カイルは唇をきゅっと引き結ぶ。

キースみたいに家族でもないのに、アルフレートはいつも親切で、優しい。

騎士になって、恩返しができたらいいのにな、と思う。

意気揚々と二人で敷地内の門を出たところで、男女の二人連れとすれ違った。

姿勢のいい女性だとカイルが思っていると、彼女は振り返った。

黒い目に鋭く見つめられて、思わず硬直する。

魔族が何故こんなところに、と咎められるかと身構えたが、女性はなぜかふわりと微笑んだ。そしてカイルではなく、隣にいたキースを見つめる。

「あら……こんなところで何をしているのですか、キース？」

「……マリ神官、こんにちは」

珍しいことに、キースが猫をかぶるのが一瞬遅れた。

マリと呼ばれた女性は、神官服を着ていなかった。

彼女は貴婦人たちが好む袖の広がった美しいドレスを着ている。しかも男性と腕を組む姿は、とても神職には見えない。

栗色の美しい髪の女性は、悪戯っぽくキースを見つめた。

「そういえばあなた、今日は休日だったわね？」

マリが柔らかな表情で視線をカイルに移す。

「はじめまして、ひょっとして、あなたが噂の……キースの兄弟かしら。同じ施設出身の」

「はい。飛龍騎士団に所属している、カイル・トゥーリと申します。マリ神官」

「どうしてこの店に？」

「それは……」

マリに尋ねられ、キースの視線が、一瞬泳いだ。

もしかすると、神官見習いが休みにこういった贅沢をするのはよくないのかもしれない。

カイルはひやりとしながらキースの前に出ると、説明した。

「騎士団の方が、招待状を譲ってくださったんです。それで……俺がキースを無理やり誘ったので、もし規律違反だったら申し訳ありません」

カイルの真剣な表情に、マリはころころと笑う。

「ふふ、大丈夫よ。質素を旨とする神官見習いとしては褒められたことではないかもしれないけれど、禁止事項ではないもの」

キースとカイルはほっと胸を撫で下ろした。

「マリ神官、そろそろ中へ」

隣にいる男性はマリを促(うなが)し、カイルとキースを眺めた。あまり気持ちのいい視線ではない。魔族を蔑(さげす)むような視線とも何か違う。

カイルは居心地の悪さに身じろぎした。

「ああ、ごめんなさい。ファルーク様。ではね、キース」

カイルとキースはマリたちに頭を下げて、そそくさと大通りに出た。

キースが安堵(あんど)したようにため息をついた。

「びっくりした……なんであんな店に来るんだ、神職が！　贅沢(ぜいたく)は敵じゃねえのかよ」

「お前も神職だろうが。デザート追加で食べてた奴が言うな、っての」

「俺は見習いだから、いいんだよ」

べ、とキースが舌を出す。そんなキースに呆(あき)れながら、カイルは首をひねる。

「神官っぽくなかったな、さっきの人。神官は大人しい感じの女性が多いから」

綺麗な女性だが、華美な装いに少々面食らったのは事実だ。

化粧も濃い。似合ってはいるが……なんだか神官らしくはない。

そう考えるカイルに、キースが答えた。

「神官にもいろいろいるからな。マリ神官は渉外専門だから。あれも接待だろ。ファルークっていう奴、神殿で何度か見たことある。最近羽振りがいい商会の長らしいな」

「接待？　商会の人を？」

なんでも、神官で見目がよく社交的な人間は、貴族たちの寄付を集めるために渉外部門に配属されることが多いらしい。

カイルはなんとなく、先ほどの男の視線が腑に落ちた。さっきのあれは……何か、値踏みされているような視線だったわけだ。

きっと、貧乏人だとばれただろうなあ、とカイルは呑気に思う。

「ファルークは結構な額を神殿に寄付してくれるらしいぜ。何して儲けてるかまでは知らねえけど」

神殿は慈善事業も行っているが、やはり資金源の多くは信者からの寄付だ。

「キースもそういう部署に配属されるのか？」

カイルの素朴な質問に、キースの眉間にしわが寄る。

「いやだね。俺の美貌が金集めに有用なのは納得だが……貴族に尻尾を振るなんてごめんだ。それに、俺は顔だけじゃなくて中身も優秀だからな。接待要員にしとくのはもったいねえだろ」

カイルは、噴き出した。自信がどこから来るのかまったく謎だが、キースはいたって本気だ。

騎士団の宿舎は、この大通りを神殿とは反対の方向に進んだところにある。

カイルが、じゃあまた一ヶ月後に……と言ったところで、キースが何かに気付いたような顔をした。

「どうした？　キース」

キースが、にこり、と微笑む。

「ううん、なんでもないよ。カイル。また一ヶ月会えないなんて、寂しいな」

「は？」

キースは突然、今までの粗雑な口調ではなく、丁寧な物言いをした。

彼が猫をかぶっている姿は、カイルにとっては鳥肌ものだ。

はにかんだ顔はそこいらの美少女より圧倒的に可愛らしいのが、余計に気味が悪い。

気持ち悪いなーと思って見ていると、キースはその笑顔を貼りつけたまま、カイルを見た。

「カイル、じゃあ、僕、教会に戻らなくちゃ」

「僕？」

「また来月までお互い頑張ろうね」

あ、うん。と、鳥肌の立った腕をさすりながらカイルは頷いた。何故か一人称まで変えたキースに、ゾワッとする。

するとキースは何を思ったのか顔を寄せると、最近では滅多にしない、さよならのキスをした。

「またね」

「お、おう……」

言いながらキースの視線を追うと、アルフレートが立っていた。キースはアルフレートを意味ありげにチラリと見て、軽やかな足取りで去っていく。

なんだ、今の？　とカイルが首を傾げていると、何やら不機嫌そうなアルフレートが厳しい目でキースの背中を見送っている。訝しく思いつつも、カイルはアルフレートのもとに駆け寄った。

「アルフ！」

「……ああ、カイル。ルディの店の料理は、美味しかったか？」

「うん、すごく！　招待状を譲ってくれて、本当にありがとう。でも、アルフはどうしてここへ？あ、ひょっとして今からルディさんのお店で食べるのか？」

いや、とアルフレートは首を横に振った。

「たまたま仕事でこの近くに用事があったから、足を延ばしただけだ。……一緒に帰るか？」

「うん」

「どういう料理が出たのか、私にも教えてくれ」

アルフレートに頼まれ、カイルは勿論と応じた。

どれだけ今日の料理が素晴らしかったか、店員の所作が格好よかったか、ルディが親切だったか……声を弾ませて、カイルは今日のことを報告する。

アルフレートはそれに笑顔で相槌を打ち、飛龍騎士団の二人は帰路についた。

◆

キース・トゥーリは異質な存在である。

貧困層の出身であるのに、まるで貴族の御曹司のような優雅な見た目をした少年で、しかも神官見習いの中で座学の成績は上位三本の指に入る。

さらに、神官の必須教養である体術の授業では常に首位だ。

神官見習いには身分は関係ない、というのは建前で、実際は家督を継がない貴族の子女が多い。彼らは当然幼い頃から勉学もそれ以外も専門の教師を雇って教育されている。

それにもかかわらず、彼らを嘲笑うように、ずばぬけて優秀な孤児の美少年――やっかみを買うには条件が整いすぎている。

実際、神殿に来て半年ほど経った頃、彼は他の神官見習いから悪質な嫌がらせを受けていた。主に貴族家出身の子供たちの仕業だったが、そのせいでキースは孤立し、いつも痣だらけだった。

――しかし、何故かそれはいつの間にかぴたりとやんで、代わりにキースに嫌がらせをしていた主犯格の少年が、神殿を辞して実家に戻った。なんの前触れもなく、突然に、だ。

その頃から神官見習いたちの間で不穏な噂が囁かれるようになった。

「どうやら、キース・トゥーリは王宮に庇護者がいるらしい」

「いや、あいつは実は有力貴族の落胤らしい――」

そんな噂のおかげで、キースは不可侵の立場を得ている、のだが。

「んなわきゃねーだろ。俺様が貴族か王族の私生児なら、神官になんかならずに今頃絹の服着てベッドでごろごろしてるっての」

キースは祭壇の掃除を終え、こそこそとこちらを窺う幾人かの同輩の視線を無遠慮に無視しながら、あほらし、と背伸びをした。

礼拝堂は広いし、掃除といってもちょっとした訓練並みに疲れる。

貴族のお坊ちゃまがこっそり姿を消したのは、カイルを通したアルフレート経由で、キースが受けたいじめを『神殿のえらい人』に告げ口したのが効いたのだろう。

「俺、このままいじめられ続けたら、カイルを連れて故郷に帰っちゃうかも」

とアルフレートの前でこれみよがしに呟いてみたところ、あの貴族のボンボンは恐ろしい速さで神殿内の友人に話をつけてくれたらしい。嫌がらせがなくなっただけでなく、主犯格の少年はキース以外にも働いていたえげつない悪事が次々ばれて追放された。

アルフレートの迅速な行動には、キースは感謝するより、まじかよ、と呆(あき)れた。

あれは絶対にキースへの親切心ではなく、カイルを逃(のが)したくない一心だ。あの貴族がカイルをどう思っているかは家族としてはあまり知りたくないが、ご執心なのは間違いない。

ちなみに、貴族だの血縁があるのではという噂は、こっそり己で流したものである。キース自身は「そんなこと絶対ないですよお」と殊勝(しゅしょう)に否定しているので、罪にはならないはずだ、多分。

噂が半信半疑でありながらも、少なくない人数がキースを見る目が明らかに違うのは、己の顔の作りが無駄に丁寧だからだろう。貴族にも少ない稀有(けう)な金髪に美しい青い目なのも幸いした。

「顔がよくて本当によかった。神様、ありがとう」

神に声が届いたとしたら憤慨(ふんがい)しそうなことを大真面目な顔で考えながら、キースは祭壇(さいだん)に向かって跪(ひざまず)く。ついでに、最近の幸運についても感謝を述べておく。

「この前カイルと一緒にご相伴に預かった飯は美味しかったです。また招待されますように。あ、カイルの奴が甘い菓子だけじゃなくて、たまには干し肉とかもらってきてくれますように」

大真面目な顔で一心不乱に不真面目なことを祈っていると、前方から泣き声が聞こえてきた。

耳ざといキースでなければ聞き逃しそうな、すすり泣きだ。

誰だよ、と見ると、キースとあまり年の変わらない少年が静かに泣いている。

青白い肌の彼は……最近神殿にやってきた少年で、確かミハイルとかいう名前だったはず。

「お前、ミハイルだっけ？」

ミハイルは、突然名前を呼ばれて、ビクッと肩を震わせた。

「あ、こ、こんにちは、キース」

彼は怯えるように、歩み寄ってきたキースを仰ぎ見る。

最近来たばかりのミハイルをキースが覚えているのには、理由がある。

――長い前髪に隠れたミハイルの左目が、赤色だったからだ。

片方の瞳が赤いというのは、魔族の血筋の証だ。ただし、少年の瞳は鈍い赤色。カイルのように両眼が赤く……しかも、あのように見事な真紅というのは珍しいらしい。

ミハイルは確か、弱いが治癒の力があって、神殿に連れて来られたはずだ。

魔族の異能とはカイルのようにドラゴンと会話ができることだけでなく、様々だ。その中でも治癒の力は重宝される。魔族の血筋でも治癒の力を持つ者は、神官として働く場合が少なくないのだ。

魔族にもいろいろいるよな、とキースは考えながら、ミハイルに声をかけた。

「なんで泣いてたんだ？　そろそろ座学に行かないと教授にどやされるぜ。行くぞ」

素っ気なく誘うと、ミハイルはオドオドとキースのあとをついてきた。

歩きながらさりげなく話を聞くと、どうやらというか、やはりというか……貴族出身の同輩たちにいじめられていたらしい。

神殿内では貴賤はない、というのは嘘だ。やはり裕福な家庭の子女が優遇される。

ミハイルはキースと違って孤児院の出ではないが貧農の子供で、農業をやって飢えるよりは神殿にいたほうが……と母親が神殿に送り出してくれたらしい。

「泣いていたって何も変わらないぜ。ここじゃ俺たちみたいな貧乏人なんか、誰も助けてくれない。腕力なり、座学なり、まあ口でも人脈でもいいけど、奴らに何か一つ勝つんだな。そしたら奴らも手出しできなくなる。ま、俺は毎日飯がもらえて凍えない寝床があるだけ、孤児院よりずいぶんマシだと思うけど……」

軽く肩を小突くと、ミハイルの顔がぐしゃりと歪んだ。

「……君みたいに、優秀な人間に僕の気持ちなんかわからないよ！　……それに、君は……魔族の血筋じゃない……！　魔族に生まれた人間は、一生、底辺で、蔑まれて生きなきゃいけないんだ。もう、こんな人生、うんざりだっ。お母さんは僕がいらないから、神殿に押しつけたんだ……僕はお母さんや兄さんたちと一緒にいたかったのに！」

ぐずぐずと泣くミハイルを眺めて、キースは肩をすくめた。

「俺、孤児だけど。それでも俺のほうがマシ？」

「魔族の血筋よりずっといいよ！　君もこんな色の目を持ってみたら僕の気持ちがわかるさ！」

兄弟の中でミハイルだけが目が赤く、魔族の血筋が顕著に出たから、神殿にやられたのだ、とそうミハイルは言った。

「あっそ。じゃあ、そうなんじゃないか？」

キースの素っ気ない言葉に、ミハイルは傷ついたように目を見開く。己の不幸を慰めてもらえると思ったらしい。チッとキースは内心で舌打ちをした。

子だくさんの貧しい親が、子供の就職先があればそこに縋るのは当然のことだし、その就職先が怪しげな店ではなく神殿なのだから、ミハイルの母親は良心的だ。

彼は母親に会いたいと泣く。

それは、離れたくないと思えるくらい家族に愛されて育ったという証拠だ。

美しく禍々しい真紅の双眸ゆえに、嬰児の頃に母親に捨てられ、さらには母親に憎まれて毒殺されそうになったキースの『弟』とは違う。

ミハイルよりもカイルのほうがずっと不遇だ。だけど、カイルはこんな風にぐずぐず泣いたりしないし、不幸を誇ったりもしないし、辛い時だって無理して笑う。

腹が減ってもパンを一人占めしないし、二つに割った菓子だって大きいほうをキースに渡す。甘党のくせに。

そういう奴だ、とカイルを思い浮かべて、キースは唇を引き結んだ。

「あのさあ、他人の幸福度なんかわかんねえけど、自分が一番不幸だと思うと、ヤバい奴らにつけこまれるぜ」

「……冷たい人なんだね、君は」

ミハイルは恨みがましくキースを睨んだ。話が通じない。

知らねえよ、と思って視線を逸らすと、苦笑しながらこちらを眺めている女がいることに気付いた。

美しい、だが神官には似つかわしくない濃い化粧の女は、見習い神官を一人連れてキースとミハイルに近づいてくる。マリだ。

先日ルディの食堂で会った時とは違って、さすがに神殿内では質素な白い神官服を身にまとっている。それゆえに、余計に赤い唇が際立っていた。

「喧嘩はよくないわ、二人とも。ミハイル、どうしたの？」

マリは優しい口調で近づいて、ミハイルの肩に手を置く。少年は、わっと泣き伏した。

やれやれ、とキースは首を横に振り、ミハイルたちを置いて講義に向かおうとする。

ぼそぼそと喋る老齢の教授の授業だから、早く行って一番前の席をとりたい。

キースの知識は、孤児院にあった書物から得たものしかない。貪るようにそれらを読んでいたけれど、孤児院の老神官の時代に記された書物の知識は古く、講義で習えるものとは違っていることを、キースは神殿に来てから痛感している。

だから講義はかじりつくように聞いて、一言も漏らさないようにしたかった。

「ミハイル、辛いなら私の主催する勉強会にいらっしゃい。一人では無理でも、皆で寄り添えば耐えられるはずですよ」

マリの部下らしき女性が聖母のように優しい口調でミハイルを諭し、彼を抱きしめる。

マリはその場を去ろうとしたキースに声をかけた。

「キース神官」

「はい、なんでしょう」

呼び止めんなよ、と内心で舌打ちしたことはおくびにも出さず、キースは微笑みつつ、マリを見上げた。

「神殿内は貴賤がなく平等というけれど、私たちのような貧しい家の出身の人間は虐げられることも多いわ。あなたも辛い時は、頼っていいのよ？」

「……ありがとう、ございます」

「困ったらいつでも私の部屋にいらっしゃい」

「お言葉を嬉しく思います、マリ神官。機会があれば、ぜひ」

視線の先では、女の胸に顔を埋めてミハイルが嗚咽を漏らしている。

おぞましい光景に吐き気がしそうだ。

ではこれで、と別れを告げたキースの背中を、甘ったるい声が追いかけた。

「外部の方の参加も歓迎なのよ。この前会った可愛らしいあなたの弟も、一緒に来てもいいわ。カイルくんだったかしら？　あの辺境伯家のアルフレート様のお気に入り」

「……カイルが、何か」

キースは足を止めて振り返った。どうしてここで、カイルの名前が出るのか。

「兄弟仲がいいのは、よいことよ」

マリはどこか寂しげな表情を浮かべて胸に手を当てた。死者を悼む仕草だ。

「私にも姉がいたけれど、今年のはじめに亡くなったわ。とても寂しい……」

マリに姉がいるのは、確かに聞いたことがあった。病弱で施療院を離れられない人なのだとの噂だった。

キースは同じ仕草で名前も知らない女性を悼んだ。優しいのね、とマリは乾いた声で言葉を紡ぐ。

「兄弟が道を誤ったならば、諭してあげるのも家族の役割よ。半魔族で騎士を目指すなんて……徒労に終わるわ。呪われた血の者を、騎士団が認めるわけはないのに……。無謀な挑戦だけれど、いじらしいわね。一度じっくり話を聞きたいわ」

「伝えておきます」

――いいや、絶対に言うものか。あいつの夢を嗤う奴の言葉なんかを、誰が。

キースとマリは微笑み合う。

……視線を先に逸らしたのは、女のほうだった。

それでは、とキースは今度こそ彼女に背を向けた。

◆

マリは先ほどのキースの態度にため息を一つ落とすと、ミハイルを宥めて送り出す。

ミハイルが目を細めて彼女に礼をし、廊下を曲がるのを確認すると、供の女が低い声で聞いた。

「マリ神官、キースは勉強会に来るでしょうか？」

「どうかしら？　彼は優秀で大神官様のお気に入りだし、親交を深めたいわ。仲間になってくれたらいいのに。……天使のような外見なのに、彼の中身はまるで鋼みたいに手強いのね……でも」

「でも？」

マリ神官は唇で弧を描き、鈍い笑い声をこぼす。

「けれど、見た？　幼馴染の名前を出した途端、射殺すような視線で私を見たわ。猫をかぶることも忘れて！　……大事なのねえ、魔族なんかが」

くつくつと嘲笑う声は密やかに、石畳の上に落ちた。

「二人そろって、仲間になってくれたらいいのに、二人とも可愛らしいし、きっと皆様に気に入ってもらえるわ」

――キース・トゥーリがミハイル少年の神殿からの『脱走』について知ったのは、それから一ヶ月後のことだった。

◆

ここ数週間、アルフレートは忙しい。

騎士団長と王宮へ赴いたかと思えば辺境伯家からの使いに対応したり、団内の幹部と深刻そうな顔で打ち合わせをしたり。

そのせいで訓練がなかなかできず、彼の相棒であるドラゴンのヒロイは竜厩舎でへそを曲げていた。

ひっくり返って腹を天井に向けてキュイキュイと鳴いて、可愛げなく暴れている。

騎士団に所属する飛竜の中でもずばぬけて大きいヒロイの最上級の拗ね方に、このままでは厩舎が破壊されてしまうと、竜厩舎の職員たちはお手上げ状態になった。

そこで最終手段として、ヒロイがアルフレート以外に唯一心を許すカイルが呼ばれたのである。

カイルはヒロイに近づくと首筋をさすった。キュイ、とヒロイが甘えた声を出す。

「ほらヒロイ、機嫌を直せよ。お前が好きな果物、いっぱい持ってきたからさ」

『カイルが遊んでくれて嬉しい。でも、アルフは？』

「お仕事だってば！」

『シゴトばっかり！　……アルフはそいつが好きなんだ、だから俺のとこに来ないんだ。寂しい！』

ドラゴンは基本的に主人が大好きで、子供っぽい。カイルは苦笑した。

「じゃあ今夜は俺が一緒に寝てやるから、な？　そしたら寂しくないだろ」

『カイル！　俺とお泊まり!?　じゃあ、やわらかーい布あげる！　わーい！　わーい！』

バタバタとヒロイが尾を揺らす。

「痛！　痛！」

バシバシと叩かれて、カイルは顔を顰（しか）めたが、ヒロイの機嫌が上向いたのでよしとした。

機嫌よく戯（たわむ）れていると、頭上から馬鹿にしたような声が聞こえる。

「竜厩舎で寝るだって？　……さすが孤児院育ちはたくましいな」

皮肉な言葉が聞こえたので視線を上げると、灰色の目の男がせせら笑いながら柵の向こうからカイルを見ていた。外套（がいとう）を羽織っているから、ドラゴンで出かけて戻ってきたばかりなのだろう。

「ハインツ！　……さん」

カイルは騎士の名を口にした。

ハインツは裕福な貴族出身の騎士で、美男だがどことなくじとりとした目つきの男だ。

カイルに当たりが強いのであまり顔を合わせないようにしている、のだが。

「アルフレートだけでなく、そのドラゴンにまで媚（こ）びを売るのか？　抜け目ないな」

律儀に立ち上がったカイルの胸倉を、ハインツが掴む。

呼気に酒のにおいが混じっているのに気付いて、カイルは眉を顰（ひそ）めた。

「……ドラゴンに騎乗する時は、お酒は飲まないほうがいいと思いますけど。怪我（けが）をします」

「俺の心配を？　優しいなあ、坊や」

ひんやりとした指がまだ細い少年の首に伸ばされ、頸動脈（けいどうみゃく）の上をなぞる。

ぞわりとした感覚を振り払うように、カイルは顔を背けた。

「あんたじゃなくて、あんたの下手な操縦で！　ドラゴンが怪我しないか心配なだけ！　だよ！」

「はは！　生意気な奴。……アルフレートは神殿に行って、しばらく帰ってこないぞ。そんな口をきいても奴は守っちゃくれない」

カイルの憎まれ口に、ハインツはケラケラと笑って上機嫌になる。カイルが彼の手を振り払おうとした瞬間……ぎゃ！　とハインツが一歩下がった。

ハインツの手があった場所に、ヒロイの鋭い牙がある。

『ハインツ！　悪い奴！　悪い奴！　カイルに汚い手で触ったら、がぶって噛み砕いてやるっ!!』

ハインツの運動神経が鈍かったら、今頃、流血沙汰の大惨事だっただろう。

「ヒロイ！　ばか、お腹壊すからやめろよ！」

カイルがヒロイの首に齧りついて止めると、ハインツは盛大に舌打ちして、何故か少しばかり傷ついた顔をした。

「可愛げのないクソガキが！」

捨て台詞を吐いて、ハインツが去っていく。

さすがにお腹を壊すという表現はよくなかったかな、とちょっと反省して、カイルはヒロイをよしよしと撫でて一緒に厩舎に寝転んだ。

「助けてくれてありがと、ヒロイ」

『俺、カイルが大好きだもん！　ずっと守ってあげるから』

「へへ、ありがとな。でも、俺を守ってくれるのは、アルフの次でいいよ」

『わかったあ』

ヒロイを撫でつつ、カイルはハインツの言葉を思い返す。

「……アルフ、また神殿にいるんだ」

ヒロイも寂しいだろうが、カイルもちょっと寂しい。

神殿かあ、と目を閉じる。

神殿にはたくさんの人がいるから、多分、そんなことはないだろう、と思うが。

キースとアルフレートがばったり出くわしたりしないかなあ、などとカイルは空想する。

どちらも賢いし、カイルの仲良しだし、案外いい友達になれないだろうか。

そんな呑気(のんき)なことを考えて、カイルはドラゴンと一緒に目を閉じた。

◆

人生においてこいつとは絶対に友好を深めることはないだろう。

騎士と神官見習いの少年は至近距離で相対しながら、全く同じことを考えていた。

アルフレート・ド・ディシスは、神殿の知人の神官を訪ねていた。

そしてその神官に、頼み事をしに来たのだ。

「あまり裕福な家庭出身ではない、優秀な神官見習いを一人紹介してくれないか。できれば口が堅い人間がいいのだが……」

そう伝えると、神官が連れてきたのは――

予想外というか、半ば予想通りというか……正直に言えば外れてほしい予感だったというか。

――金髪の美少年だった。

「座るといい、キース・トゥーリ。一緒に食事でもどうだ」

アルフレートは、その少年に向かいの席を示した。

神官が気を遣って、神殿内の客間に夕食を準備してくれたのだ。神殿に所属するシェフが客用に腕をふるった美食が、卓に並んでいる。

神官はキースを残して仕事に戻ったので、アルフレートは彼と二人きりだ。

キースは、ぴょこんと頭を下げた。

「ご無沙汰しております！　アルフレート様！　飛龍騎士団でも随一の剣士と名高い辺境伯家の御子息と昼食をご一緒できて光栄です！　僕にお話ってなんでしょう！　わあ！　すごいご馳走！

これ、いただいていいんですか？」

「いいと言っている」

「じゃあ、いただきますぅ」

キースがわざとらしくパンに齧りついて、嚥下する。

それをじっと見つめながら、アルフレートは厳かに言った。

「ただし、食べた分は働いてもらうが」

キースがげほっ、と咳き込む。

「食べ物を粗末にするのは感心しない」

アルフレートが抑揚のない声で言うと、キースの頬が引き攣った。

「食べたあとに言うのは卑怯ですよね、騎士様」

「確認しなかった君が迂闊だったな、キース・トゥーリ。さて、その甘ったるい馬鹿みたいな喋り方をやめてもらおうか。寒気がして、脱力する」

「チッ……風邪ですか？　自己管理できない騎士って、どうかと思うんっすよね」

アルフレートも、この、クソガキが……と舌打ちした。

同じ教会で育ったのに、カイルに比べてこの少年はどうしてこうも性格が悪いのか。不思議で仕方がない。

喉元まで出かかった皮肉を、アルフレートは苦労して呑み込んだ。

彼と皮肉の応酬をしに来たのではない。むしろ協力を仰ぐ立場だ。

アルフレートは自分もナイフとフォークを持った。

「……まずは、腹ごしらえをしよう。話はそれからだ」

「承知しました、アルフレート様」

孤児院出身のキース・トゥーリは、アルフレートが内心で舌を巻くほど完璧なマナーで食事を終えた。美しい容姿と相まって、この少年を貴族だと思わない者は少ないだろう。

食事を終えると、キースは冷めた目でアルフレートを見つめた。

「それで、俺にさせたいことってなんですか？」

「私の頼みを聞いてくれるのか？　内容を聞けば君はやらざるを得ないぞ。勿論報酬は弾むが……危険を厭うなら、このままこの部屋から出るといい。今日は単なる私と君が楽しい会食をしただけということになる」

キースは綺麗になった皿に視線を落とした。

「美味い食事をいただいた分は役に立ちますよ。あんたに借りを作りたくないし」

「何故？」

アルフレートが素直に不思議に思うと、キースは唇の端を吊り上げた。

「いつかあんたとカイルが揉めたとしたら、俺は十割あいつの味方でいなきゃいけないんで。馴れ合いたくない」

「……ずいぶん、熱烈な告白だな」

アルフレートの声が低くなる。キースは肩をすくめた。

「俺たちは家族だから。それ以外の感情なんかない。……で？　俺は何をしたらいいんです？　そして報酬はなんですか」

さらりと家族だと口にしたキースをアルフレートはしばらく眺めていたが、深く追及せずに問いを重ねる。

「何が欲しい？　金銭でいいか？」

「金銭は不要です。神殿の偉い人たちにかすめ取られますから。それよりも、『神学大全』全十巻がほしいです」

きっぱりとキースは言った。

たかが本ではない。神学の本は貴族でも簡単には手が出せないくらい高価だ。

アルフレートがどう出るかと観察するような瞳に、腹が立つ。

静かにキースを見つめると、彼はふっと息を漏らした。

「俺が所有していたら盗られる気がするので、どなたか本をお持ちの神職の方に口添えをしていただけませんか？　……孤児院出身の手癖の悪いガキが本棚を利用しても、お怒りにならない方を紹介していただきたい」

アルフレートは頷いた。

持っていた紙に、辺境伯家の一門で神官職にある者の名前を記載する。

「いつでも好きな時に、彼を訪ねるといい。偏屈な男だが、知識は豊富だし、君の助けになるだろう。君専用の神学全集を購入して、預けておく」

「……ずいぶん、気前がいいんですね」

あっさりと受諾したアルフレートにキースは少々面食らったらしいが、今度はアルフレートが肩をすくめた。

「君が神官見習いの中で群を抜いて優秀なのは知っている。優秀な人材に援助は惜しまない。そして、知っての通り私は裕福だ。……父親のおかげで」

「ありがとうございます、アルフレート様」

珍しく素直に礼を言うキースを観察しながら、アルフレートは続ける。

「それに、君は私の大事な仲間の家族だろう。君が神殿で出世すればカイルも喜ぶだろうし……」

故郷に帰るなどとは言わないだろうし。

思わず小声でつけ足してしまう。

キースは聞き逃してはくれなかったようで、呆(あき)れた顔をしていた。アルフレートは、僅(わず)かに咳払いをする。

「それで？　俺は何をしたらいいんですか」

「その前に……君はミハイルという少年を知っているか？」

アルフレートの問いに、キースは頷いた。

「知らないわけがないですよ。少し前に、神殿の暮らしが辛(つら)い、って置き手紙を残して脱走なんてした奴、有名人に決まってるじゃないですか」

アルフレートはキースの答えを聞いてため息をついた。

「仲は良かったか？」

「特には」

「……彼は、君が一番仲のいい友達だと周囲に言っていたみたいだが？」

キースはへえ、と呟いた。特に思い入れはなさそうだ。

その様子にアルフレートは苦笑しつつ、話を進めた。

「その脱走していたミハイルが見つかった。国境の町で、瀕死(ひんし)でな」

「……国境？」

「どうやら、人身売買を生業（なりわい）とする商人の屋敷から、命からがら逃げたらしい」

アルフレートは悠然と足を組み替えて、再び口を開く。

「君には」

アルフレートの低い声に、キースがこちらをゆっくりと見た。

「ミハイルと同じく、神殿を脱走してもらいたい」

◆

アルフレートが帰ってこない間、カイルは仲間とともに訓練に勤（いそ）しんでいた。

運動神経は悪いほうではないが、やはり幼い頃から鍛錬（たんれん）していた面々とは差が出る。模擬試合で三本立て続けに負けて、練兵場に転がされた。

カイルをあっさりと破った相手に、笑って起こされる。

「大丈夫か？」

「攻撃を避けるのは上手（うま）くなったと思うんだけどな。なかなか当たらない」

汗を拭きながらぼやくと、相手はまた笑った。

「初心者に簡単にやられたら、僕の面目（めんぼく）が立たないだろ？　でも、確かに、カイルは目がいいよな。渾身（こんしん）の一撃が避けられて少し悔しかったよ」

カイルに完勝したのは子爵家出身の少年だ。

名家出身なのにそれを鼻にかけず、カイルにも気さくに話しかけてくる。

そんな彼の話に、カイルは耳を傾けた。

「だけど、剣筋が正直すぎるんだよ。次は僕の右を狙ってくるだろうな、とか……すぐわかる。行きたい方向に視線が動くし、今、力を込めたなって動きをするから。騎士は常に沈着冷静でいなきゃ」

「なるほど」

感情を抑えるように、ということは、先輩の騎士からも口酸っぱく言われることだ。

アルフレートも二人でいる時はよく笑うが、仕事中はほとんど表情が変わらない。

俺も気を付けよう、とカイルは心に誓った。

「……騎士になるには冷静でいなきゃ、か」

呟くと、背後からせせら笑う声が聞こえてくる。

「半魔が騎士だって？　笑わせる。弱いくせに」

「厩舎でドラゴンの世話でもしてろよ、お似合いだぜ」

少年たちは陰口を叩きながらカイルの背後を通り過ぎていく。

カイルは聞き流したが、目の前の少年は眉間にしわを寄せた。

「カイル、さっきの奴らには怒っていい」

「今はやめとく。あいつらの言う通り、俺は確かに弱い。何を言っても負け犬の遠吠えだ。……だからこれからも、訓練でいろいろと教えてくれるとありがたい……だめかな」

「仲間だろ、お互い切磋琢磨するのは当然のことだ」

カイルに微笑むと、子爵家出身の少年は去っていった。

いい奴だなと、重ねて思う。

貴族でも、カイルに手を貸してくれる人は多い。対照的に、先ほどカイルの陰口を叩いていた少年たちは、貴族出身ではない。平民の……どちらかといえば貧しい階級出身だ。

魔族が気に入らないのもあるだろうが、自分たちより下層階級のカイルが、アルフレートやテオドールに目をかけられていることに腹が立つのだろう。その気持ちも、わかる。

彼らだって、よりよい暮らしがしたくて必死で騎士を目指しているのだ。

「確かに俺は、ずるいよな。弱いのに……異能のおかげでアルフたちに特別可愛がられている」

強くなりたいな、と思う。役に立つようになりたいな、とも。

何も持っていないカイルに、どん底から抜け出す機会をくれた人に少しでも恩を返せるように。

彼の隣に立っていても誰も文句を言えないように。

「さ、がんばろ」

言いつけられた雑用を終えて部屋に戻ると、テオドールに出くわした。

「カイル、これはいいところに来ましたね。今日の業務は終わりですか？」

「はい、テオドール。俺に何か御用でしたか？」

「ええ、ちょっとお使いを頼みたくて。ルディの店に行ってくれますか？」

テオドールが言うには、ルディの店に辺境伯領の特産品の火酒が届くらしい。

騎士団の幹部に振る舞って評判がよければ食堂に定期的に卸すことになるかも……と。

カイルは納得して、一度頷いた。

「そういう仕事もしているんですね、ルディさん」

「どちらかといえば、商会の仕事が主になるでしょうね。店舗で食事を提供するより、そちらのほうが利益は多い」

カイルはテオドールの説明に納得すると、喜んでお使いを請け合い、夕暮れの街を歩いた。

ルディの店まで走って――扉から出てきた人影に、思わず隠れてしまう。

金髪の後ろ姿……あれは。

「キース？　なんであいつがここに？」

ルディの店は富裕層がよく利用する区画にあるが、平民でも手が届かない店ではない。

しかし、カイルやキースの手が届く店ではないのだ。

「……それに、あの服……」

神官見習いは質素を旨とし、神殿外でも白い麻の神官服をまとうのが決まりだ。

しかし、先ほどカイルの前を横切ったキースは裕福な家の子のような服装をしていた。

顔だけは抜群にいい幼馴染は、ああしていると本当に貴族のように見える。

「……なんなんだ？」

呆然としていると、今度は店から見覚えのある男女が出てきた。

前もこの店で見た……と名前を思い出していると、背の高い佳人はカイルを見つけて「あら？」

と声をあげた。

「こんにちは。カイルくん、だったかしら？　今日は一人でお食事？」

カイルはその名に思い至って、彼女に頭を下げた。

確か、マリといったはず。

「マリ神官。私を覚えていてくださって光栄です。今日は騎士団の用事で参りました」

「来るのが少し遅かったわねえ。ついさっきまでキースもいたのだけれど。今日はね、私が勉強会を開催していたの。キースも参加してくれたから、お礼に夕食をご馳走したのだけど」

「そうだったんですね。後ろ姿だけ、見かけました」

そう言うと、何がおかしいのか、マリはころころと喉を鳴らし、唇で弧を描いた。

彼女の唇は綺麗というより禍々しい赤色で、その色をあまり好かないな、とカイルは漠然と思う。

「キースはこのまま、神官の道に進むべきか悩んでいるのですって」

「え？」

一瞬、何を言われたのかわからずに、カイルは間の抜けた声を出した。

「神官を目指すのに出自は関係ないというけれど、やはり貴族や富裕層の子弟が有利ですもの。キースみたいな優秀な子も、飼い殺しにされるだけ。私は彼には別の道もあるんじゃないかと勧めているのよ。ああ……騎士団も同じだよね」

同意を求められて距離をつめられ、カイルは一歩、後ろに下がった。

親しくもないマリが、ほとんど初対面のカイルに踏み込んだことを言う理由がわからない。

マリはなおも続ける。

「ねえ、知っている？　飛龍騎士団において、魔族の血筋の従士が騎士になったことはないの」

「……そうですか」

それはカイルも知っている話だ。従士になれたのだって異例中の異例の措置なのだと。

騎士団長が強固に推挙してくれなければ、今の生活はなかっただろう。

「私はそんな不平等を悲しく思うわ。あなたが、辺境伯家の夢想家に唆されて夢を見るのは自由だけれど、あなたの純粋な気持ちを利用して、甘い言葉で騎士団に縛りつける人々が嫌になったら……」

「嫌になったら？」

マリは、にこりと微笑んだ。

「もっと、あなたの能力が活かせる場所を知っているの。いつでも私に相談してちょうだい」

――ふざけるな、と。

騎士団に入ったばかりのカイルだったならば、彼女を睨みつけて怒って去っていただろう。

何も知らないくせに、とか、アルフを悪く言うな、とか。怒りをぶちまけていたかもしれない。

――お前、正直すぎるんだよ。

だが、昼間に従士仲間に言われた言葉が、カイルを落ち着かせた。

騎士になりたいのならば、冷静沈着でいないといけない。

「お心遣いありがとうございます。もし挫けそうになったら相談させてください」

笑顔はこわばっていただろうが、カイルはぺこりと頭を下げて店に入る。

背中に視線を感じたが、カイルは、振り返らなかった。


もやもやした気持ちを抱えながら、カイルは数日過ごした。

悩み事がある時は、キースに感情をぶちまけて、それを口悪く茶化されて、心の整理をするのが常だが……その月の約束の会合の日に、キースは来なかった。

「来月また来る」

という伝言は、大聖堂の職員が教えてくれた。

――キースはこのまま、神官の道に進むべきか悩んでいるのですって。

カイルはマリの言葉を思い出して、慌てて首を横に振る。それはない。キースに限って！

なんとなくそのまま宿舎に戻る気にはなれずに、練兵場に向かった。

夕暮れの練兵場は、珍しく人気がない。そういえば今日は休養日だったのだと思い出した。

カイルは木剣を持ち出すと、素振りをする。

沈んでいく夕日に背を向けて、無心で剣を振る。

――俺は騎士になる。

――じゃあ、俺は神官で。

あの古びた孤児院を出ると決めて、カイルがそう誓った日に、キースも誓った。

王都で二人、身を立てようと。

辛くても帰らないというその約束を、キースが破るとは、絶対に思わない。

確かにキースならばどこでも成功できるだろうが、約束を違えるわけがないのだ。

「ただ闇雲に素振りをしても意味はない。体幹がぶれないように」

突然、声が聞こえた。

気配を全く感じなかったのに、背後を取られていた。カイルは慌てて振り返る。

「アルフ！　……いつ帰ってきたんだ」

顔を合わせるのは、なんと半月ぶりだ。

「たった今、だな。……休養日だというのに黙々と剣を振っている奴がいて、誰かと思えば、カイルだった。熱心だな？」

微笑んでそう言いながら、アルフレートも木剣を手に取った。カイルは思わず表情を明るくする。

「稽古をつけてくれるの？」

「私もここのところ、碌に剣を振っていない。付き合え」

言葉が終わらないうちに、アルフレートはカイルの正面に一撃を叩き込んだ。

斬撃の重さに、咄嗟に受け止めた手首が軋んで、剣が細かく撓む。

「――っ」

「防戦一方では勝てないぞ」
二、三、四と斬撃を受け止める。
アルフレートが一瞬休んだ隙に反撃を試みるが、横から胴を薙ぐ剣筋はあっさりと弾き返されて、ついでにカイルも練兵場に転がった。

アルフレートはそんなカイルを見下ろし、強気な視線を向ける。

「やめておくか？」

「まだ、お願いします」

カイルはすぐさま立ち上がって剣を構える。アルフレートは少し微笑んで、それに相対した。

打ち合うこと数度、そのたびに転がされたカイルはとうとう吹っ飛ばされて、練兵場の真ん中で大の字になった。

「もうすぐ日が沈む。今日はこれまで、だ」

「ありがとう……ございまし、た」

半身を起こして肩で息をするカイルとは違って、アルフレートは涼しい顔だ。剣技云々（うんぬん）だけではなく基礎体力が違いすぎる。

カイルが俯（うつむ）いていると、アルフレートは隣に腰を下ろした。

「狙いは、悪くない。だが基礎がまだまだだ」

「反省する……します」

小さく言うと、アルフレートは機嫌よくカイルの頭をぐしゃぐしゃと掻き乱した。

「どうしてあんな思いつめた顔で剣を振っていたんだ？」

そんなに暗い顔をしていただろうか、とカイルは頭をかいた。

沈着冷静（ちんちゃくれいせい）……とはやはり自分はほど遠いところにいる。

「……ちょっと前に、人に言われたことに動揺しちゃったんだ」

「何を言われた？」

「飛龍騎士団で、騎士になった魔族の血筋の奴はいない、って」

マリの言葉を思い出して、唇を噛む。

アルフレートは「そうか」と穏やかに相槌（あいづち）を打った。

「確かに、魔族の血筋で飛龍騎士団の騎士になった者はいない。お前は諦めるのか」

カイルは横目でアルフレートを見た。そしてしばし考え込んで……ゆっくりと口を開く。

「物事ってさ」

「ああ」

「何事も、一番最初があるだろ？　……だったら、俺が、この国で、一番はじめの半魔の竜騎士になってやる。出自なんか関係ない。俺は正々堂々と騎士になって、見返してやる、って……思って……は、いるんですが」

「なんで声が次第に小さくなるんだ」

苦笑するアルフレートに、カイルはしゅんと肩を落とす。

「アルフから十本に一本くらいはとれないと、情けなくて口にできないや」

「確かにな。くじけずに、鍛錬（たんれん）を欠かさないように！」

小さく噴（ふ）き出すアルフレートを、カイルは意志を込めて見つめた。

「もう少し強くなったら、堂々と宣言する」

「じゃあ、訓練を頑張らなきゃな」

アルフレートの言葉に、カイルはうん、と頷いた。

気付けば、日はもうほとんど沈み、あたりが暗くなっている。

「帰るぞ」

アルフレートがカイルの腕を掴んで、立ち上がらせる。

細く見えても、アルフレートの身体は鍛えられているし、手のひらも硬い。

食事情の改善で多少はマシになったと思っていたが、それでもまだ貧相な自分の身体と見比べると、少し落ち込んでしまう。

「俺が騎士になれるって、アルフは……信じてくれるか」

「疑ったこともない」

「……うん」

即答されて、カイルは表情を綻ばせた。歩きながら、アルフレートは尋ねる。

「お前が不安になるような言葉を発したのは、誰だ？」

「アルフの知らない人だよ。……キースより偉い神殿の人で、マリ神官っていう人。多分、心配して言ってくれたんだろうけどさ」

アルフレートは少しだけ目を細め、足を止めた。

「知らない人、ではないな。残念ながら」

「有名な人なのかな。派手だけど、綺麗な人だし」

「派手、か。……神官にしては、化粧が濃い、と思ったか？」

カイルはううん、と首を横に振って否定した。

「思わない。だってあれは傷を隠しているんだろ」

先日ごく間近で見て、気付いた。彼女は笑う時、右の頬が不自然に引き攣るのだ。

「よく見ていたな。……まあ、この話はもういい。騎士になるには休息も大事だ。今日はもう休め。早く宿舎に戻るぞ」

アルフレートは笑って、再び歩き始めた。

カイルも慌てて足を動かし、アルフレートの隣に並ぶ。

ふと、アルフレートが思い出したように口を開いた。

「……ああ、カイル。神殿でお前の幼馴染に会った」

「キースと？　あいつ、元気にしていた？　今日は約束の日だったけど、会えなかったんだ」

「元気そうだったぞ……カイル」

呼ばれて見上げると、アルフレートは視線をさまよわせた。何やら、言葉を選んでいるようだ。

「もしも、キースが神官を目指すのをやめる、と言ったらどうする？」

カイルは目を丸くしたが、少し考えて首を横に振った。

「あいつが選んだことを俺は否定しないし応援するけど……。神官にならない、ってことはないと思う。いい加減な奴だけど、自分への誓いは守る奴だから」

「誓い？」

聞き返したアルフレートに、カイルは頷く。

「うん、死んでも神官になるって、孤児院を出る時に言っていた」

そうか、とアルフレートはため息をついた。吐く息が、白い。

「キース・トゥーリは……どうして」

「どうして？」

珍しく言い淀んだアルフレートに、カイルは首を傾げた。

「……いや、いい。それは彼に直接聞こう。お前に聞くのは公平じゃない」

彼は首を横に振り、飛龍騎士団の宿舎へと足を向ける。

なんのことかわからないカイルは首をひねる。

だが、アルフレートは「いいんだ」と繰り返して、カイルの手をとり、足を速めた。

◆

神殿の礼拝堂に整然と配置されたベンチに腰掛け、大神の像を見上げながら——アルフレート・ド・ディシスは人を待っていた。もうすぐ月が高く昇る。

足音を立てずに彼の背後に立ったのは、テオドールだった。

神殿のステンドグラスから差し込む月光が、彼の長い髪を照らす。

「どうやら、計画通りにキース・トゥーリは神殿を脱走したようですよ」

「そうか」

厳かに頷くアルフレートに、テオドールは続ける。

「そして、予測通り彼女に気絶させられて、王都の外れの屋敷に拉致されました」

「……キースに傷は？」

「商品に傷をつけるようでは、商人失格でしょう？　奴らはなかなかいい商人のようですから、そこは抜かりないでしょうね」

「ならばよかった」

そう言って立ち上がるアルフレートを、テオドールは面白がるように見た。

「キースに何かあれば、カイルが泣きますからね」

揶揄する口調に、さすがに鼻白む。

「純粋に彼を心配している。協力者に危険が及ぶことは望まない……それだけだ。さて、テオドール。月夜にお前の派手な髪は目立つ。お前は神殿で動け、ギュンターたちが応援に来る」

「承知。神殿の上層部の協力者は私たちが拘束しておきます」

テオドールは、自らの主に礼をした。

アルフレートが礼拝堂を出ると、何人かの騎士が待っていた。

神殿内の厩舎にとどめていたドラゴンに騎乗して、夜空を飛ぶ。

通常、夜空を飛ぶ時は安全のために灯りをつけるが、騎士たちは声を潜めて闇の中を飛び――王都の外れに辿り着いた。

そして、屋敷が集まっている区画からやや離れた場所に近づいた。

そこには一軒の、大きな屋敷がある。

騎士たちはあらかじめ調べていた見張りの死角に降り立つと、警備の数を確認する。

騎士の一人が風の音に紛れて動き、瞬く間に門番たちを昏倒させた。

「こんな街外れに大した屋敷だ。警備の奴らもいい得物を持ってやがった」

警備たちを背の高い男――ハインツが足蹴にするのを、アルフレートは咎めるように見た。

「彼らはただ雇われただけかもしれない。必要以上に傷つけるな」

「次期副団長様は相変わらずお綺麗なことで」

「お前ほど乱暴でないだけだ、ハインツ。さあ、無駄口を叩かずに行くぞ」

「ハッ、これからお前に指示されると思うだけでぞっとするな。まあいい、仕事はする」

ハインツの合図で、数人の騎士が扉を開けた。

それと同時に、アルフレートは屋敷に足を踏み入れた。

「何事だ」

「おい、早く逃げろ」

屋敷にいた者たちが、騎士団に気付いてどよめいている。

アルフレートは逃げようとする男の背後に回り込んで、後頭部を剣の柄で殴って昏倒させた。

邸宅内にいた人間たちは、騎士たちの突然の乱入に逃げ惑う。

慌てたように階段を下りてくる武装した男たちに騎士たちは次々と対峙し、捕縛した。

外から、発煙筒を空に打ち上げる音がした。間を置かずに、近くに潜んでいた他の小隊が乗り込んでくるだろう。

「……これは、何事ですっ⁉」

ハインツに拘束された蒼褪めた男が、奥の部屋から連れて来られた。

寛いでいたのかジャケットは羽織っておらず、無理やり連れて来られたからか前髪が乱れている。

アルフレートはその男を鋭く見据えた。

「君がファルーク商会の長だな？　善良な市民から通報があった。ここを本拠地にして、君が法に触れるものを密かに東国に輸出していると。邸内を改めさせてもらう」

「なんのことですっ⁉　しかも誰の許可があって……！　こんな深夜にいきなり押し入るなど、騎士団のすることでしょうかっ……！」

アルフレートは黙ってあたりを見回した。

「荷は見つかったか？」

「いえ、どこにも」

騎士の一人が戸惑ったように報告する。

「法に反した積み荷など、どこにもありませんよ。私は王国に従順な商人です。何か不審な点があれば明日にでも堂々とまた――ガッ」

ファルークは話の途中で沈黙させられた。ハインツが彼の首の後ろを掴んで床に押しつけたからだ。

「ぴーちく囀ってんじゃねえ。黙っていろ」

アルフレートは同僚の狼藉に呆れたが、咎めはしなかった。今はファルークには黙っていてもらえるほうが助かる。

それから数秒遅れて、別の騎士が女を連れて部屋に入ってきた。

栗色の髪の女は跪かせられ、薄ら笑いを浮かべていた。

「――これはなんの騒ぎでしょうか、騎士様。私が誰なのか知っていての狼藉ですか？」

アルフレートは表情を変えずに美しい女を見下ろした。

女の黒い瞳は凪いでいて、屈強な男たちに囲まれてもたじろぐことはない。

「あなたのことは知っている。神官の地位にある方が深夜に、こんな王都の外れの屋敷に一人でいるのは感心しない」

「ファルーク様は神殿への熱心な寄進者。夜遅くまで様々な議論を交わして何が悪いのです？　それとも、女が夜に出歩くのをよしとしない、とでも？」

全く気後れする様子のない女に、アルフレートも淡々と答える。

「そうだと言ったら、どうする」

「北部の男は古臭いこと」

「黙れ！」

辺境伯家出身の騎士が鋭く叱責して、水差しの中身を彼女にかけた。

「乱暴はやめろ」

ぎろりとアルフレートが睨(にら)むと、騎士は慌(あわ)てて頭を下げた。

女――マリは、髪から滴(したた)る水が床にしみを作るのを、黙って見つめている。

「北部の男は古臭い、か……。それを指摘されると反論しようがないな」

アルフレートはおもむろに懐から手鏡を取り出した。その鏡は淡く光っている。

魔力を持つ、水鏡だ。対(つい)になっていて、片割れの存在する場所を映し出す。

さらに言うならば――今それがどこにあるかも示すことができる。

「言い逃れは無駄だ、ファルーク。証言者は山ほどいる。派手に動きすぎたな」

アルフレートがそう言うと、ハインツに抵抗してファルークは顔を上げた。

「証言ですって？　私を陥(おとし)れる罠(わな)でしょう！」

「……君が今日『上物』を仕入れたことはわかっている。その商品がどこにあるかもな」

アルフレートが屋敷にいる皆にわかるように右手を高くかざすと、鏡の燐光(りんこう)と同色の輝きが、屋敷の奥から漏れている。

光を追って部屋の一つに入ると、床の一角(いっかく)が不自然に煌(きら)めいているのがわかった。

ハインツに引きずられるようにして部屋に連れて来られたファルークが、悔しそうに唇を噛む。

その隣で、マリはまだ薄ら笑いを浮かべていた。

「床をはがせ」

「はい」

アルフレートの指示に従って、床板がはがされる。

元々出入り口になっていたのだろうそこは、いとも簡単にはがれ、石でできた階段が現れた。

ハインツはそこを覗き込み、興味深そうに声をあげる。

「地下室か」

「照らせ」

アルフレートに指示された騎士が、壁にかけられていた燭台に火を灯す。

淡い光に照らされて、いくつかの影がうごめいた。人だ。

騎士たちは無言で顔を見合わせ、地下に下りると、そこに閉じ込められていた十数人の少年少女たちを部屋から連れ出した。その中の一人、金髪の少年の首飾りから、アルフレートが手にした水鏡と同じ色の燐光が溢れている。

「ファルーク殿、君が不法な荷を集めていないというのならば、この子供たちはなんだ」

アルフレートが尋ねると、ファルークは頬を引き攣らせた。すぐには言葉が出てこないのだろう。

それは、罪を認めているのと同じことだ。

「説明は、のちほどゆっくり聞かせてもらおうか」

アルフレートが合図すると、ハインツは乱暴にファルークを立たせた。

それから何かに気付いたように、子供たちを眺める。

「そこのガキ、どこかで見覚えがあると思ったらカイルの……」

「無駄口を叩かずに、行け」

ハインツは肩をすくめて部屋を出る。

部屋には縛られたマリと、アルフレートが残された。

それから、目を閉じたままの金髪の人質——キースも。

この期に及んで、マリの毒々しい色の唇は弧を描いていた。

「神官を捕らえる権限は騎士にもないことをご存じかしら、騎士様？」

「あなたがまだ神官ならば、そうでしょうね。だが、神殿はつい先ほど、あなたの破門を決定しました。あなたはすでに、神官ではない」

眼前に査問会での決定書を突きつけると、彼女はくつくつと笑った。

「呆気ないこと！　今まで献身してきた私を、こんな些末なことであっさりと切り捨てるなんて！」

アルフレートはため息をついた。

「人身売買は些末なことではない」

何が面白いのか笑い続ける女を見据えながら、アルフレートは事の発端に想いを馳せた。

——ひと月ほど前、父である辺境伯から届いた手紙には、奇妙な密輸のことが書かれていた。

辺境伯家と魔族の領地の境に、東国人が頻繁に出入りしていると。

魔族の領地には、現在国交のないニルス王国の人間は立ち入れない。

しかし、東国と魔族たちの関係は良好だ。

ぎりぎり魔族の領地側で、月に一度程度、何か大きな荷が取引されている、と。

不審に思った辺境伯家の騎士が密かに忍び込んで取引の場で見たのは、商品として東国に売りさばかれる子供たちだった、というわけだ。

これは領主どころか国の大事件だということで、アルフレートは騎士団を動かし、今日の捕獲劇に踏み切ったのである。

「売られるのも……悪いことばかりではないのですよ、騎士様」

マリは何故か楽しげに笑った。

「私が集めてあげたのは、貧しい階層出身の可哀想な子供たちばかり。行方不明になっても誰も捜す者のいない、いてもいなくてもいい、寂しい子たちなのです。だから、何年も子供を攫ったけれど問題にならなかった」

「それで？」

アルフレートは険しい表情のまま、マリを促す。

「ニルスでは苦しいばかりだけど、東国でならば彼らは幸せになれる可能性もある。ご存じですか？　東国では才能があれば出自にかかわらず大臣にだってなれるのですって」

「詭弁だな」

夢見るようなマリの台詞に、アルフレートはため息をついた。

確かに、東国はニルスのように血筋をあまり重視しない。だが、出世できるのは一部の者だけだ。彼女が手配して、ファルークが売った子供たちの中には、怪しげな店や横暴な主人に買われた者も少なくないだろう。

緊迫した空気が続く中、マリは不自然なほど穏やかに微笑んだ。

「まあ、ばれてしまったなら仕方ないですね。私はどうなりますか？」

「あなたのこれからは司法に委ねる。慈悲は期待しないことだ」

「慈悲？　そんなもの、これまでの人生で期待したことは一度だってないわ！」

アルフレートの言葉に、マリは吐き捨てるように言った。

灯りに照らされて、彼女の白い頬に朱がさす。

さきほど水をかけられたせいか、化粧がはがれかけていた。

柔らかな右頬には痣がある。いいや、痣ではない。火傷跡だ。

昔に比べて薄くはなっているが、記憶の中と同じく、彼女の頬には火傷があった。

「……セベリナ」

アルフレートは、彼女の名前を呼んだ。

顔を上げたマリ――いや、かつてセベリナという名前だった女からは、花の香りが漂う。

あの温室で嗅いだのは生花の香りだったが、これは香水だ。

同じ香りのはずなのに、ひどく禍々しく悲しいのは何故だろう。

「今年に入って、君の仕事はずいぶん杜撰になったようだな。何故だ？　これまで通り緻密に事を運んでいたら、こんなに呆気なく捕縛されることもなかっただろうに」

アルフレートの指摘に、セベリナは肩をすくめた。

「慢心したんです。あまりに簡単に事が運ぶものだから、油断しました」

沈黙が落ちる。

アルフレートが問いを重ねようとした時、騎士の一人が戻ってきた。騎士はセベリナを立たせると、部屋の外へと引きずっていく。

アルフレートは、彼女に声をかけた。

「君の姉のニーナは、今年のはじめに亡くなったと聞いた。残念だ」

悼む口調に、セベリナは表情をそぎ落として、アルフレートを見た。

「私たちを見捨てたくせに、今更、同情なんかしないで」

黒かった瞳が、怒りのせいで赤くなる。

「……また、魔族を傍に置いているんですってね。偽善者！　助けるふりをして、いつかまた裏切るんでしょう？　私たちを切り捨てたみたいに……っ！　あのまま辺境伯領にいれば、私は神殿なんかに仕えなくてよかった！　ニーナは病気にならなかった。全部、全部あなたたちのせいよ」

「そうだな」

「私が誰かにされたことを、そのままやり返しただけ！　それの何が悪いのっ」

騎士から黙れと言われたセベリナは、憎々しげに吐き捨てた。

「イルヴァ辺境伯家に誉あれ。……どうか高貴な方々が呪われますように」

「……連れて行け」

そう命じると、従順な騎士たちは彼女を連れて行く。

アルフレートはため息を落として、床に転がったままの少年を見下ろした。

「いつまで寝たふりをしているんだ？　キース・トゥーリ」

アルフレートの言葉に、ぱちり、とキースは目を開けた。

「男女の愁嘆場に出くわしたら寝たふりをしてやり過ごせ、と聖書にも書いてあります」

「……そんな教義があってたまるか」

アルフレートは思わず眉間にしわを寄せた。

それに全く構わず、キースはよっこらせと立ち上がって、身体をほぐし始める。

「やっぱ石の上で寝るのは嫌だな。身体が凝って仕方ない。……アルフレート様は、マリ神官とお知り合いだったんですね」

「昔、我が家で働いてくれていた。真面目で、勤勉で、私は彼女の育てる花も彼女も好きだった」

よく笑う娘だった。

火傷の跡はあっても綺麗だったし、セベリナを好いていた使用人も多かった。

忠実に働いてくれた彼女を追い出して、罪に手を染めさせたのは、自分たちだと瞑目する。

アルフレートの感傷が伝わったのか、キースはせせら笑った。

「異能があって神殿に拾われて、それなりに出世して。それでも罪に手を染めたのはマリ神官の選択でしょう？　同情できる余地があるんですか？」

「ないな」

アルフレートが断じると、キースは憎たらしく笑った。

アルフレートは小さく息を吐き、気持ちを切り替える。

「君には世話になった。いくら上層部の命令とはいえ、攫われるのは怖かっただろう。今日はゆっくり休むといい。報酬はきちんと支払う」

「ありがとうございます。報酬、楽しみにしていますね」

キースはこれには律儀に感謝して、部屋から出ていこうとする。

アルフレートは彼のまだ頼りなさを残す華奢な背中を眺めながら、尋ねた。

「君は神官にしておくのは惜しいな。荒事もできる、冷静な判断もできる、度胸もある」

キースは気味が悪いと言いたげな表情で、アルフレートを振り返った。

普段、友好的ではないアルフレートからの賛辞を訝しく思ったのだろう。

「不思議に思っていたんだ。身を立てるならば騎士でもよかったはずだ。むしろそちらのほうが向いているとさえ思う。推薦があったにしろ、何故、神殿を選んだ？　君が特別信心深いとも思えない。なのに、どうしてだ？」

どうせ答えはないと思ったが、意外なことにこの質問はキースの気分に合ったらしい。

天の遣いと見まがうような美しい少年はニッと挑戦的に笑い、天井を——いいや、その上にある空を指さす。

「昔、大神と取引をしました。俺の家族が俺のせいで不当な悪意を受けて、生死の境をさまよっている時に」

「……どんな取引を？」

アルフレートが静かに先を促すと、キースは恐ろしく綺麗な笑みをたたえて答えた。

「どうか、彼を助けてください。彼が助かるのならば、俺の魂を捧げます……ってね。その願いが叶ったので、俺は神に俺を売りました」

聞くまでもないが、とアルフレートは腕を組み直した。

「美しい話だな。その家族は今、どこに？」

「さあ？　間抜け面して竜厩舎で寝こけているんじゃないかな」

言い終えると、少年はなんの未練もなく走り去る。

アルフレートはしばらくその場で立ち尽くした。

誰もいない室内で、花の香りだけが微(かす)かに漂(ただよ)い、やがて闇に紛(まぎ)れた。


様々なことが落ち着いたあとで、アルフレートは久々に自室で寛(くつろ)いでいた。

辺境伯領にいるユアンに送らせた荷の中には、父の手紙も入っていた。

先日の人身売買を解決した件で、アルフレートの働きを褒める文字の羅列の中に、セベリナのことは一切記載されていない。

マリの本名はセベリナというそうです。かつて辺境伯領にいた魔族の血を引く女性でした。

そう報告したが、父の心には響かなかったらしい。

ひょっとしたら記憶にないのかもしれないが。

——辺境伯家に誉(ほまれ)あれ。

血を吐くような、呪いの言葉が耳に残って消えない。

「——またお菓子をもらってもいいの？」

重い気分は、はしゃいだ声が掻き消した。

仕事を終えたカイルは、今はアルフレートの部屋に来て、寛いでいた。

いつものように彼を招いて菓子を振る舞えば、期待通りに目を輝かせる。

カイルの表情に頬を緩めながら、アルフレートは頷いた。

「勿論、構わない。ああ、カイル。明日、お前は休日だったな」

「うん」

「キースと会う日か？　それなら彼にも分けてやるといい。喜ぶだろう」

アルフレートの言葉に、うーん、とカイルは首をひねった。

「そのつもりだったんだけど、あいつ明日は忙しいらしくて会えないんだ。昨日手紙が届いたんだけど、なんかすげえアルフに失礼なことを言っていた。神殿であいつに会ったんだって？」

「ああ、会ったな。仕事を手伝ってもらって、興味深い話も聞いた」

ふうん、とカイルは首を傾げた。

アルフレートは彼を隣に座らせて、髪の毛に触れる。

くすぐったいのか、カイルは小さく笑った。細められた瞳は紅い。

宝石のように、あるいは血のように。

見上げてくる瞳は信頼に溢れていて、胸が締めつけられるような気がした。

カイルは無邪気に慕ってくれるけれども、自分はそこまでの価値のある人間ではない。

情けない弱音を吐きそうになって、呑み込む。

心の内を見せないように、平静を装ってカイルに問う。

「キースはなんと言っていた？」

「ええと、アルフレートが傷心だから慰（なぐさ）めとけって。何かあったのか」

アルフレートは生意気な金髪の少年を思い浮かべて小さく舌打ちしたが、ややあって苦笑した。

確かに傷心に違いない。己の罪が巡って、セベリナを罪人に落としたことを悔いている。

「秘密」

小さく答えると、釈然としない様子でカイルがアルフレートを覗き込む。

そんな彼の髪を思うさまぐしゃぐしゃと掻き回して、アルフレートはいい提案をした。

「明日、お前の予定がないなら私に付き合え。稽古（けいこ）をつけてやる」

「本当？　やった！」

カイルが小さく拳（こぶし）を握りしめる。

屈託（くったく）のない笑顔を向けられるたび、救われる気がする。

「……私は、お前を裏切ったりしないよ。それだけは誓う」

誰にも聞こえない声で、アルフレートは目の前の無垢（むく）な少年に誓った。

カイルだけは失わない。彼の、まっすぐな、心も――

誓いを胸の奥にしまい、アルフレートはそっとカイルの右頬に触（ふ）れた。

この作品に対する皆様のご意見・ご感想をお待ちしております。

おハガキ・お手紙は以下の宛先にお送りください。

【宛先】

〒150-6008 東京都渋谷区恵比寿 4-20-3 恵比寿ガーデンプレイスタワー 8F
(株) アルファポリス　書籍感想係

メールフォームでのご意見・ご感想は右のQRコードから、
あるいは以下のワードで検索をかけてください。

アルファポリス　書籍の感想

ご感想はこちらから

本書は、Webサイト「アルファポリス」(https://www.alphapolis.co.jp/)に掲載されていたものを、改稿、加筆のうえ、書籍化したものです。

半魔の竜騎士は、辺境伯に執着される　竜と愛の在る処

矢城慧兎（やしろ けいと）

2021年11月20日初版発行

編集－中山楓子・森順子
編集長－倉持真理
発行者－梶本雄介
発行所－株式会社アルファポリス
〒150-6008 東京都渋谷区恵比寿4-20-3 恵比寿ガーデンプレイスタワー8F
TEL 03-6277-1601（営業） 03-6277-1602（編集）
URL https://www.alphapolis.co.jp/
発売元－株式会社星雲社（共同出版社・流通責任出版社）
〒112-0005 東京都文京区水道1-3-30
TEL 03-3868-3275
装丁・本文イラスト－央川みはら
装丁デザイン－AFTERGLOW
（レーベルフォーマットデザイン－円と球）
印刷－中央精版印刷株式会社

価格はカバーに表示されてあります。

落丁乱丁の場合はアルファポリスまでご連絡ください。

送料は小社負担でお取り替えします。


ISBN978-4-434-29607-9 C0093